Alexa Hennig von Lange
Marcus Jauer
Breaking Good
Mach dich glücklich!

Alexa Hennig von Lange
Marcus Jauer

Breaking Good
Mach dich glücklich!

cbt

Dieses Buch ist auch als E-Book erhältlich.

MIX
Papier aus verantwortungsvollen Quellen
FSC® C083411
FSC
www.fsc.org

Verlagsgruppe Random House FSC® N001967

1. Auflage 2017

in der Verlagsgruppe Random House GmbH,
Neumarkter Str. 28, 81673 München

Umschlaggestaltung: Kathrin Schüler, Berlin
Umschlagmotiv: gettyimages/rolfo
kg · Herstellung: eS
Satz: Buch-Werkstatt GmbH, Bad Aibling
Druck: CPI books GmbH, Leck
ISBN: 978-3-570-16297-2
Printed in Germany

www.cbt-buecher.de

Für Mia.

Inhaltsverzeichnis

LIEBE

1.

Gibt es für mich den einen Menschen, bei dem alles passt? (Alexa)

Meine Eltern hatten einigermaßen präzise Vorstellungen, was die Eigenschaften meines ersten Freundes anbelangte: Er sollte genau so sein wie wir. So, als sei er bereits Teil unserer Familie. Allerdings schien es mir ziemlich schwierig bis aussichtslos, jemanden zu finden, der den Anforderungen meiner Eltern genügte, andererseits wollte ich meine Eltern auf keinen Fall enttäuschen oder mit dem »falschen« Jungen zusammen sein.

Ich erinnere mich noch, wie ich mit sechzehn Jahren auf meiner ersten richtigen Party war. Und zwar auf der von meiner Chorfreundin Tessi. Es war Sommer. Ich hatte ein neues T-Shirt an und dachte: »Ich fasse es nicht, wie abgefahren das Leben sein kann!« Langhaarige Jungs von Tessis Schule schleppten ein Schlagzeug ins Wohnzimmer ihrer Eltern und bauten es direkt vor dem riesigen Aquarium auf. Dann kamen noch Typen mit Verstärkern, E-Gitarren und Mikrofonständern herein. Die Rollos vor den Fenstern wurden heruntergezogen und das Büfett in der Küche eröffnet. Inzwischen war es in der Wohnung gerammelt voll und die Schülerband legte los. Aber so richtig! Sie schleuderten ihre Köpfe, ihre Haare flogen, der Sänger kreischte ins Mikrofon: »You're in the Jungle, Baby!« Und ich drehte durch. Zwischen dem Sofa und den Sesseln tanzte ich mir mit den anderen Chormädchen die Seele aus dem Leib. Ich dachte: »Okay, gerade wird meine DNA umgeschrieben.« Ich wurde wiedergeboren, als total neuer Mensch. Dieses Erlebnis war berauschend. Hemmungslos. Wild. So etwas hatte ich noch nie erlebt.

Nachdem die Band fertig gespielt hatte, war ich wie im Rausch. Ich torkelte und kicherte, war betrunken von meinem eigenen Glück, bis mich ein paar Mädchen zur Beruhigung auf einen Stuhl neben dem Geschirrschrank setzten. Da saß aber schon jemand. Der Schlagzeuger von der Band. Es war dunkel, genau erkannte ich nicht, wie er aussah, aber trotzdem knutschten wir ein bisschen. Weil ja bereits alles so wild und ungestüm war. Später saßen wir vor dem Haus auf dem Bordstein und warteten, dass mein Vater mich mit dem Auto abholen kam. Über uns wogten die Baumkronen im nächtlichen Schimmer, der Junge sah mich verzaubert an und ich führte mein erstes offizielles Casting-Gespräch. Unauffällig fragte ich die Checkliste meiner Eltern ab: »Wanderst du gerne? Hast du Geschwister? Auf welche Schule gehst du eigentlich? Was willst du später mal werden? Wo wohnst du? Was machen deine Eltern beruflich? Habt ihr ein Haustier? Willst du studieren?

Wie wichtig sind dir Tischmanieren? Kannst du einen Nagel in die Wand schlagen?«

Der Junge beantwortete alle Fragen zu meiner Zufriedenheit. Seine Eltern hatten sogar – Überraschung! – zusammen mit meinen Eltern studiert! Wenn das kein Zeichen war! Kurz bevor mein Vater mit dem Auto vorfuhr, lächelte ich den Jungen daher freundlich an und sagte: »Dann sind wir jetzt wohl zusammen.«

Vermutlich läuft fast jeder mit solch einer elterlichen Liste durchs Leben und checkt potenzielle Partner daraufhin ab. Und wenn sich herausstellt, dass der andere nicht komplett dieser einmaligen Checkliste entspricht, kann es für uns und unseren neuen Partner schnell mal problematisch werden, weil wir im Hinterstübchen dieses ungute Gefühl nicht so richtig loswerden, dass wir womöglich doch nicht die uns entsprechende Wahl getroffen haben.

Wenn wir aber erleichtert feststellen, dass wir relativ viele Übereinstimmungen haben, denken wir: »Fantastisch! Wir wurden füreinander gemacht!« So ging es mir auch mit diesem hübschen Jungen, der neben mir auf dem Bürgersteig saß. Er konnte einen Nagel in die Wand schlagen! Er wanderte gern! Seine Eltern hatten das Gleiche wie meine studiert! Und er spielte ein Instrument! Ich dachte wirklich: »Wir werden heiraten.«

Das Dumme war nur, dass mein neuer Freund bereits ab unserem dritten Treffen so tat, als sei er Bart Simpson. Ununterbrochen sprach er mich mit verstellter Stimme an – so, als sei ich seine gelbe Comic-Mutti. »He Marge, was hast du heute vor? Wollen wir uns treffen?« Oder:

»He, Marge! Weißt du, dass ich echt ziemlich in dich verliebt bin?« Zuerst war das noch witzig, aber als ich merkte, dass er diesen Tick nicht abstellen konnte, wurde es irgendwie schräg. Besonders, als er mich zum ersten Mal fragte, ob er bei mir übernachten kann, weil meine Eltern ausnahmsweise mal übers Wochenende weg waren: »He, Marge, alte Granate. Was dagegen, wenn der gute Bart bei dir am Kissen horcht?«

Wir waren fünf Monate zusammen und in diesen fünf Monaten habe ich vielleicht vier Mal mit meinem »echten« Freund gesprochen. Also wusste ich eigentlich immer noch nicht, wer er wirklich war. Bei diesem Problem haben all die Übereinstimmungen unserer Checklisten nichts gebracht. Denn: Diese Checklisten sagen nicht zwangsläufig etwas über den Menschen, seine Ängste und diversen Schutz- und Abwehrmechanismen aus, sondern nur etwas über seine oberflächliche Ausstattung. Klar ist es hilfreich und toll, viele formale Übereinstimmungen zu haben und sich für die gleichen Dinge zu interessieren. Aber das, was einer Beziehung überhaupt eine gewisse Tiefe, Vertrauen und Verbundenheit verleiht, ist, sich dem anderen zu öffnen, sich so zu zeigen, wie man ist, und sich nicht in einen fiktiven Charakter hineinzusteigern und großes Kino vorzuspielen, um ja nicht verletzt zu werden. Egal, ob man so tut, als sei man Bart Simpson, einer von »Fast and Furious« oder eine andere bedeutende Persönlichkeit.

In diesem speziellen Fall konnte ich nicht zum Herzen von meinem ersten Freund vordringen. Bart Simpson war härter als ich. Schützend hat er sich vor das Herz meines

Freundes gestellt. Damit ich es keinesfalls brechen kann. Nur genau das ist am Ende passiert. Dabei hätten wir vielleicht wirklich gut zusammengepasst!

2.

Bin ich schwach, wenn ich Gefühle zeige? (Marcus)

Als ich ein kleiner Junge war, hat mein Vater manchmal zu mir gesagt: »In dir kann man lesen wie in einem Buch.«

Wenn ich mit den Jungs aus unserem Dorf eine Fahrradbande gründete, sie mich aber nicht zum Anführer wählten.

Wenn ich mit lauter fremden Kindern ins Ferienlager fuhr und nicht wusste, neben wen ich mich im Bus setzen sollte.

Wenn ich meinem Vater am See zeigen wollte, wie weit ich mit meiner neuen Angel auswerfen kann, und so aufgeregt war, dass sich die Schnur verhedderte.

Wenn ich wegen irgendetwas verunsichert, enttäuscht oder verletzt war und ich vor lauter Peinlichkeit nicht darüber reden wollte, knuffte er mich an der Schulter und sagte: »In dir kann man lesen wie in einem Buch.«

Es bedeutete, dass er mir ansehen konnte, wie es mir ging, und dass er mich verstand, weil es ihm irgendwann auch schon einmal so gegangen war. Er erkannte sich in mir, aber indem er das zu mir sagte, konnte ich mich auch in ihm erkennen. Er war dann nicht der Vater, der mich erzog und den es freute, wenn ich ehrgeizig, beliebt oder selbstsicher war, sondern der Mensch, dem ich mich nahe fühlte, wenn nichts davon klappte. Das waren eigentlich immer die schönsten Momente zwischen uns.

Aber die Welt besteht nicht nur aus der Familie, aus Menschen, die einen von Geburt an kennen, von denen man gehalten wird, mit denen man für immer verbunden ist und deren Liebe man sich sicher sein kann, egal, was kommt. Sie besteht auch aus Menschen, die man erst kennenlernt und vor denen ich nicht nackt und ungeschützt dastehen wollte, weil ich nicht sicher war, ob sie mich noch mochten, wenn ich war, wie ich war. Oder mich ablehnten, stehen ließen, über mich lästerten.

Davor hatte ich Angst.

Ich sah doch jeden Tag – im Kindergarten, in der Schule, im Fußballverein –, wie Jungs mit denjenigen umgingen, die leicht zu treffen waren, die losweinten, wenn man sie beleidigte, die verstummten oder abhauten, wenn sie sich zurückgesetzt fühlten. Ich kannte auch die Sätze, die dann gesagt wurden, die Häme, die Schadenfreude, aber auch das erhebende Gefühl, zu denen zu gehören, die hart genug waren und sich nichts anmerken ließen. Dabei traf es mich in Wahrheit schon, wenn man mich statt mit Vornamen nur mit Nachnamen ansprach, wie das unter den Jungs in meinem Dorf üblich war.

Aus dem Grund wollte ich nicht mehr, dass jeder sehen

konnte, wie es mir ging. Ich hielt das für eine Schwäche, eigentlich hielt ich Gefühle für eine Schwäche. Sie machten einen nur angreifbar und brachten keinerlei Vorteil. Also übte ich vor dem Badezimmerspiegel tagelang ein Gesicht ein, das nicht erkennen ließ, was in mir vorging. Eine Maske sozusagen. Und diese Maske setzte ich auf, wann immer ich in Situationen kam, die ich nicht kannte und in denen ich unsicher wurde.

Oh, wie ich mich dafür hasste, unsicher zu sein!

Und wie hart ich daran arbeitete, dass es keiner erfuhr!

Irgendwann war ich so gut darin, meine Gefühle zu verstecken, dass ich merkte, wie andere versuchten herauszufinden, ob ich überhaupt welche hatte. Sie waren irritiert darüber, dass ich die Offenheit und die Zuneigung, die sie mir zeigten, bloß kühl entgegennahm, ohne näher darauf einzugehen. Das verunsicherte sie. Sie wollten endlich erfahren, ob ich sie auch so mag wie sie mich.

»Bei dir weiß man nie, was du denkst«, sagte das Mädchen mit den Sommersprossen, als es sich auf der Kellerparty eines Schulfreundes neben mich setzte. Ich hielt das für ein Kompliment. Vor allem, weil ich das Mädchen toll fand, seitdem ich es in der Tanzstunde zum ersten Mal gesehen hatte. Sie wirkte so leicht und frei, wenn sie mit ihren Freundinnen zusammenstand. Das bewunderte ich. Aber selbstverständlich hatte ich ihr das nie gezeigt, und ich zeigte es ihr auch jetzt nicht, als sie mich an der Hand nahm und ins Treppenhaus führte. Spätestens da hätte ich meine Maske gefahrlos ablegen können. Ich wusste ja nun, dass sie mich auch gut fand.

Warum sollte sie mich sonst an der Hand nehmen?

Stattdessen kam ich mir auf einmal wie ein Sieger vor.

Aus jemandem, der sich vor anderen nicht verletzbar machen wollte, war ich zu jemandem geworden, der andere dazu bringen konnte, sich vor mir verletzbar zu machen. Das gab mir ein Gefühl von Macht und Sicherheit, sodass ich einfach nicht aufhören konnte, meine Maske zu tragen. Ich stand da, den Rücken an die Wand gelehnt, und während das Mädchen, das ich schon so lange toll fand, versuchte, mich zu küssen, waren mein Gesicht, mein ganzer Körper wie aus Holz.

Irgendwann war sie so verunsichert, was das alles sollte, dass sie allein und irgendwie ratlos zurück zur Party ging.

Da kam ich mir dann nicht mehr wie ein Sieger vor.

Gefühle nicht zu zeigen, heißt nicht, keine Gefühle zu haben. Sie entstehen so natürlich wie unser Atem und lassen sich durch Denken oder Wünschen nicht abschalten. Das gilt für jeden von uns – trotzdem sind wir umgeben von Menschen, die ständig damit beschäftigt sind, ihre Empfindungen zu kontrollieren oder wenigstens zu verschleiern. Sie geben nicht zu erkennen, was sie fühlen, und deshalb ist es schwer zu erkennen, was sie sich wünschen. Aber wer nicht zeigt, dass er verliebt ist, wird vermutlich nie erfahren, ob er nicht vielleicht doch eine Chance hätte. Wer nie zeigt, dass er traurig ist, wird nie getröstet werden. Wer nie zeigt, dass er sich gerade klein und mickrig fühlt, wird nie hören, dass er dazu keinen Grund hat. Er versteckt sich und bleibt mit seinen Gefühlen allein.

3.

Bin ich abhängig? (Alexa)

Als ich kurz nach meinem siebzehnten Geburtstag mit meinem ersten, so richtig »ernsthaften« Freund zusammenkam, hätte ich am liebsten jede Sekunde mit ihm verbracht. Was natürlich unmöglich war, da Moritz und ich ja noch zur Schule gingen. Außerdem töpferte ich leidenschaftlich. Schließlich hatte ich gerade die dramatische Kurzbiografie von der bedeutenden Bildhauerin Camille Claudel[1] gelesen und dachte, es sei passend, eine mindestens ebenso dramatische Bildhauerin zu werden. Mein neuer Freund war wiederum Gitarrist in unserer Schülerband und eiferte irgendeiner weltberühmten Gitarristen-Legende nach, deren

---

1 Camille Claudel war eine begnadete französische Bildhauerin (1864–1943), Schülerin und Geliebte des großen französischen Bildhauers Auguste Rodin. Sie führten eine leidenschaftliche und selbstzerstörerische Beziehung, schufen aber auch einzigartige Werke. Nach dem Tod ihres Vaters wurde Camille Claudel von ihrer Mutter in eine psychiatrische Klinik eingewiesen, in der sie dreißig Jahre später an einem Schlaganfall starb.

Namen ich zuvor noch nie gehört hatte. Die restliche Woche verlebten wir allerdings intensiv zusammen. Am Freitag- und Samstagabend waren dann noch seine und meine besten Freunde dabei, um gemeinsam mit uns ein paar Geburtstagspartys zu crashen, von denen wir durch Zufall auf dem Pausenhof gehört hatten.

Manche von unseren Freunden, die uns bisher nur als absolut selbstständige Individuen erlebt hatten, meinten ehrlich besorgt: »Seid ihr jetzt irgendwie voneinander abhängig?« Diese Frage fand ich extrem merkwürdig. Bevor ich mit Moritz zusammengekommen war und ziemlich viel Zeit mit meinen drei besten Freundinnen verbracht hatte, hatte mich ja auch nie jemand gefragt: »Seid ihr irgendwie voneinander abhängig?«

Aber jetzt bekam ich dauernd diesen Tipp: »Mach dich nicht abhängig.« Was sollte das? Schließlich war ich total verliebt! Moritz und ich hatten uns viel zu erzählen. Wir saßen in seinem Zimmer auf seiner Matratze, und er spielte mir seine Lieblingsmusik vor, oder wir töpferten krasse Ton-Skulpturen à la Camille Claudel und Auguste Rodin. Bei Platzregen rannten wir durch den Stadtwald, taten im Café so, als würden wir uns heftig streiten, unternahmen zusammen Radtouren oder besuchten seine Oma. Durch Moritz wurden mir überhaupt die seltsamsten Charaktereigenschaften von mir klar, die mir vorher gar nicht so bewusst gewesen waren. Ich habe viel über mich gelernt. Zum Beispiel, wie ich auf verschiedene Situationen und Stimmungen reagiere, wovor ich Angst habe, was mir Sorgen bereitet, wie unsicher ich manchmal bin. Und dass ich die

Nerven verliere, wenn ich plötzlich das Gefühl habe, ich werde nicht mehr geliebt. Diese emotionalen Achterbahnfahrten, zu denen ich fähig war, kannte ich vorher noch nicht von mir.

Was also spricht dagegen, mit dem Menschen, den man besonders gerne hat, eine Menge Zeit zu verbringen und auf diese Weise viel über sich, seine Stärken und auch Schwächen zu erfahren? Wenn ich tatsächlich feststelle, dass ich »abhängig« bin, löse ich das Problem auch nicht dadurch, dass ich mich zwinge, etwas alleine zu unternehmen und tapfer so zu tun, als sei ich total unabhängig. Ganz ehrlich: Innerlich unabhängig sind die wenigsten. Viele Menschen tun nur so.

Schön ist doch, sich selbst und den anderen immer besser verstehen zu können und auf diese Weise miteinander verbundener und dadurch unabhängiger zu werden. Das ist gar kein Widerspruch. »Innerlich unabhängig« bedeutet für mich, dass ich in Frieden bin, dass mein Glück, meine Fröhlichkeit nicht mehr so sehr davon abhängen, ob alles genauso läuft, wie ich es geplant habe. »Innerlich unabhängig« bedeutet, dass ich es immer besser schaffe, mich dem Leben anzuvertrauen, ohne alles kontrollieren zu müssen. John Lennon[2] hat mal gesagt: »Leben ist das, was passiert, wenn du bereits andere Pläne gemacht

2 John Lennon wurde in Liverpool/England geboren (1940–1980). Er war Sänger, Songschreiber und Friedensaktivist und Mitbegründer der legendären Beatles. Am Abend des 8. Dezember 1980 wurde er von einem verwirrten Fan in Manhattan/New York erschossen, dem er kurz zuvor noch ein Autogramm gegeben hatte.

hast.« Das heißt, alles, was nicht direkt nach Plan läuft, ist das Leben!

Es ist ein ziemlich langer Weg bis zu dieser »Inneren Unabhängigkeit«. Dafür braucht es viel Übung im Alltag und in der Partnerschaft. Mal klappt es besser, mal klappt es schlechter. Und dann passiert auch schon die nächste unkontrollierbare Sache, an der jeder von uns seine ganz persönliche »Innere Unabhängigkeit« üben kann.

4.

Müssen wir alles zusammen machen, bloß weil wir zusammen sind? (Marcus)

Mit fünfzehn wollte ich unbedingt eine Freundin haben. Fast alle meine Freunde hatten eine Freundin und nahmen sie mit, wenn wir mit unseren Mopeds am Wochenende über die Dörfer fuhren.

Mal trafen wir uns an einer Tankstelle, mal zum Crossen in der Kiesgrube, mal an der Eisdiele, vor der am Sonntag gern Rentner und junge Familien in der Sonne saßen. Und dann kamen wir – sechs, sieben, acht Jungs mit ihren Mädchen. Nur auf meiner Rückbank saß niemand.

Als sogar meine Oma fragte, wann ich denn endlich mal eine Freundin mit nach Hause bringe, sprach ich das Mädchen aus meiner Parallelklasse an, das neu in die Schule gekommen war. Sie war eins dieser Mädchen, zu denen jeder sofort eine Meinung hat, so oder so. Mich zog das irgendwie an. Im Sportunterricht hatte ich einen Blick von ihr aufgefangen, der mir sagte, dass ich kein Risiko einging, wenn ich sie fragte, ob wir uns nicht mal außerhalb der Schule treffen wollen.

Ich ging mit ihr Eis essen, hielt mit ihr Händchen auf einer Schulparty, küsste sie vor ihrer Tür, nachdem ich sie nach Hause gebracht hatte, und ohne, dass einer von uns beiden das aussprechen musste, waren wir auf einmal zusammen. Danach veränderte sich mein ganzes Leben.

In den Pausen konnte ich nicht mehr zu meinen Freunden gehen, weil meine Freundin lieber mit mir allein auf dem Schulhof stehen wollte. Am Wochenende konnte ich nicht mehr Moped fahren, weil meine Freundin lieber in ihrem Zimmer sitzen und mit mir reden wollte. Ich konnte spüren, wie sehr sie sich darauf freute, und freitags in der Schule steckte sie mir immer schon kleine Zettel zu. Anfangs fragten meine Freunde noch, ob ich nicht mitkommen wolle, wenn sie unterwegs waren. Aber ich wusste, dass meine Freundin das nicht gut fand, also blieb ich bei ihr. Dabei wäre ich ab und zu gern mal wieder mit den Jungs mitgefahren. Andererseits wollte ich meine Freundin nicht verletzen. Es war eine echte Zwickmühle.

Auf einmal war ich wütend auf mich selbst.

Genau aus diesem Grund, sagte ich mir, hatte ich eigentlich keine Freundin haben wollen. Weil ich mich ihr dann verpflichtet fühlte und nicht mehr frei war zu sagen, was ich wollte. Ich hatte es schon vorher geahnt.

Meine Freunde machten ihren Freundinnen einfach Ansagen, was läuft und was nicht, und wenn die Mädchen deshalb eingeschnappt waren, warteten meine Freunde ab, bis sich ihre Freundinnen beruhigt hatten. Fingen sie dann wieder damit an, was ihnen nicht passte, sagten meine Freunde ihnen, sie sollten damit klarkommen, und zogen allein los. Das fand ich nicht gut, so wollte ich nicht sein. Aber wie es anders gehen sollte, davon hatte ich auch keine Ahnung.

Als ich dann Schluss machte, fiel meine Freundin aus allen Wolken. Sie fragte, was sie falsch gemacht hätte? Aber weil ich bisher nie etwas gesagt hatte, konnte ich jetzt nicht damit anfangen. Außerdem dachte ich sowieso nicht, dass sich das irgendwie besprechen ließe. Sie wollte die ganze Zeit mit mir alleine sein, ich wollte auch mal raus zu meinen Jungs. Was will man da reden?

Als ich von ihr wegfuhr, auf dem Moped, ihr fassungsloses Gesicht noch vor Augen, dachte ich, ich würde in die Hölle kommen für das, was ich ihr angetan hatte. Sie war meine erste Freundin, und alles, was ich darüber wusste, wie es ist, eine Freundin zu haben, hatte ich von meinen Freunden, die sich damit in Wahrheit genauso wenig auskannten wie ich.

Damals dachte ich, dass man ab dem Moment, wo man mit einem Mädchen zusammen ist, bei allem einer Meinung zu sein hat, weil es sonst Streit gibt und am Ende einer gezwungen ist, sich dem anderen unterzuordnen. Das wollte ich nicht – nicht für sie, aber auch nicht für mich. Die Möglichkeit, dass jeder offen sagt, was er sich wünscht, und man dann zusammenfindet, statt sich entweder unterzuordnen oder die Oberhand zu gewinnen oder sich gleich zu trennen, kannte ich nicht. Ich wusste nicht, dass man, solange man sich liebt, immer eine Lösung finden wird, mit der beide einverstanden sind und keiner sich eingeengt oder verlassen fühlt. Wie genau das geht, musste ich mit jeder Freundin, die ich hatte, erst herausfinden. Ich kann aber sagen, was mir dabei geholfen hat, auch wenn es erst einmal schwer zu sein schien: miteinander reden. Ohne Reden geht es nicht. Dann muss man nur noch cool bleiben, wenn es nicht sofort klappt.

5.

Mein Freund will plötzlich alles ohne mich machen. (Alexa)

Als ich mit meinem Gitarren-Freund ungefähr ein Jahr lang zusammen war, wollte er plötzlich nur noch etwas ohne mich unternehmen. So, als würde ich ihm nichts mehr bedeuten. Ich erinnere mich noch genau an diesen einen schrecklichen Sommerabend. Die Vögel zwitscherten in den Zweigen, der Himmel war tiefblau und wolkenlos und meine beste Freundin Sophia feierte – verbotenerweise – im Schrebergarten ihrer Eltern eine Party. Mit Lagerfeuer, Musik und Würstchen. Gerade als wir loswollten, stieg mein Freund plötzlich ganz schnell auf sein Rad und meinte im Wegfahren: »Sorry, aber ich will da alleine hin.«

Ich blieb sprachlos stehen, während er mit seinen Folienkartoffeln in den Sonnenuntergang radelte. Nachdem ich auf der Treppe vor seinem Haus eine Runde geheult hatte, fand ich, dass er mir schlecht verbieten konnte, auf die Gartenparty meiner besten Freundin zu gehen. Ich hatte mich so auf den Abend gefreut! Leider wusste ich nur so ungefähr, wo sich besagter Schrebergarten befand. Damals hatten wir noch keine Handys, weswegen ich meine Freundin Sophia nicht anrufen konnte, um nachzufragen, wo die Party stieg. Ihre Eltern durfte ich nicht fragen, weil die Party ja geheim war.

Nachdem ich eine Stunde lang in der Stadt herumgeirrt war, stand ich endlich am Eingang einer riesigen Schrebergartensiedlung. Vor mir erstreckte sich ein Labyrinth von mindestens tausend eingezäunten Gärten, die ich entschlossen abwanderte, bis meine Füße in meinen neuen Cowboystiefeln Blasen warfen. Ich heulte und fühlte mich so schrecklich allein. Die Vorstellung, dass mein Freund mit all unseren Freunden fröhlich feierte, während ich hier herumstiefelte, war kaum auszuhalten! Als es dunkel wurde, gab ich schließlich auf und mein Vater holte mich mit dem Auto ab. Zu Hause verband meine Mutter mir meine wund gelaufenen Füße und versuchte mich zu trösten, indem sie sagte: »Er ist eben noch grün hinter den Ohren.« Die Unreife meines Freundes sollte mich reifer fühlen lassen. Was mich ja auch ein bisschen aufbaute. Aber eigentlich wollte ich vor allen Dingen wissen, was ich hätte tun können, damit der Abend gar nicht erst so endete, wie er geendet war. Was hätte ich zu meinem Freund sagen sollen, bevor er überhaupt losfuhr?

Noch viele weitere Abende endeten damit, dass mein Freund alleine auf irgendwelche Partys ging und fand, dass ich zu Hause bleiben sollte. Leider fehlten mir jedes Mal die Worte und der Mut, ihm zu sagen, dass ich diesen Quatsch nicht mitmache. Äußerlich gab ich mir alle Mühe, stark und unabhängig zu wirken. So, als käme ich ganz wunderbar ohne meinen Freund klar. Gleichzeitig fragte ich mich, ob ich überhaupt das Recht hatte, ihn dazu zu bringen, mich mitzunehmen? Schließlich war er ein freier Mensch! Aber wenn er ein freier Mensch war, war ich dann nicht auch einer? Durfte er mir dann überhaupt verbieten, mitzukommen? War er mehr wert als ich? Ich war ziemlich verwirrt, saß unglücklich zu Hause und fragte meine Mama: »Warum tut er mir das an?«

Meinen Freund habe ich das nie gefragt. Ich wollte nicht bedürftig wirken. Dafür habe ich mir lieber die Nächte wartend und weinend um die Ohren geschlagen und hatte schon wieder Angst, vor dem nächsten Abend, an dem er alleine auf eine Party gehen würde. Plötzlich fühlte ich mich richtig, richtig abhängig und wertlos. So, als könnte nur mein »mächtiger« Freund bestätigen, dass ich »etwas wert« war.

Ich wünschte, ich hätte Folgendes ganz ruhig zu ihm gesagt: »Ich möchte gerne mit dir sprechen. Ich möchte gerne wissen, warum du nicht willst, dass ich mit auf die Partys gehe. Dein Verhalten verletzt mich. Verstehst du das?«

Dann hätte sich mein Freund mal Gedanken machen müssen, wie es mir geht und warum er sich so verhält. Im krassesten Fall hätte er vielleicht gesagt: »Eigentlich möchte ich nicht mehr mit dir zusammen sein.« Natürlich hätte ich entsetzlich weinen müssen, aber gleichzeitig hätte ich gewusst, woran ich bin, hätte festgestellt, dass ich damit klarkomme, und hätte nicht meine Abende mit Warten, Weinen und Hilflos-Sein verbracht. Vielleicht hätte er aber auch gesagt: »Ich will dich nicht verletzen, ich muss nur mal raus in die Welt und mich frei bewegen. Ich fühle mich so eingeengt.«

Und ich hätte gesagt: »Ich will dich nicht einengen. Ich verbringe nur am liebsten Zeit mit dir.«

Und mein Freund hätte womöglich gesagt: »Ich liebe dich, aber ich mache eben auch gerne Sachen mit meinen Jungs. Nimm es bitte nicht persönlich!«

In dem Fall hätte ich mir überlegen können, ob ich damit klarkomme oder nicht. Ich hätte meinen Freund nicht zwingen wollen, mit mir die Zeit zu verbringen, die er lieber allein verbrachte. Genauso, wie er mich nicht dazu drängen konnte, mein Bedürfnis nach Zweisamkeit zu unterdrücken. Wir hatten sich widersprechende Bedürfnisse, die sich jeweils für uns unbezwingbar anfühlten. Keins der beiden Bedürfnisse war egoistischer, peinlicher oder seltsamer als das andere. Sie richteten sich nicht gegen den anderen. Sie waren einfach da. Und in jedem Fall wäre es für mich und mein Bedürfnis leichter gewesen, wenn ich nichts dabei gefunden hätte, offen und selbstbewusst darüber zu sprechen. Anstatt mich unnötigerweise dafür zu schämen.

6.

Ist Fremdgehen sehr schlimm? (Marcus)

Das kommt darauf an, wen man fragt.

Für den, der betrogen wird, ist es sehr wahrscheinlich nicht okay, und die Gründe dafür kennt eigentlich jeder. Auch der, der betrügt.

Trotzdem macht er es.

Als ich einmal mit der besten Freundin meiner Freundin herumgeknutscht habe, dachte ich zuerst, ich sei da irgendwie hineingestolpert. Ich dachte, ich hätte die Situation nicht überblickt. Es sei einfach so passiert, aber es würde garantiert nie wieder passieren. Meine Freundin war doch immer so unglaublich lieb zu mir. Außerdem hatte ich nicht angefangen. Doch wenn ich ehrlich war, stimmte das schon für diesen ersten Abend nicht.

Ich war seit vier Monaten mit meiner Freundin zusammen und hielt mich immer noch für sehr verliebt, als sie auf Klassenfahrt ging und ihre beste Freundin mich fragte, ob wir was unternehmen wollen. Ich fand es zwar zuerst komisch, dass sie mich anrief, aber dann wollte ich sehen, was dabei herauskam. Sie war die beste Freundin meiner Freundin, aber sie sah auch so irre gut aus, dass ich sie manchmal kaum ansehen konnte.

Wir gingen ins Kino und danach in einen Klub. Und wir haben nicht aufgehört zu tanzen, als die Musik langsamer wurde.

Ich hätte an jeder Stelle aussteigen und mich verabschieden können. Ich tat es nicht. Mir war natürlich klar, dass da etwas lief zwischen uns oder laufen würde, und ich ahnte auch, welche Probleme ich mir damit einhandelte.

Trotzdem – es fühlte sich einfach zu gut an.

Das Gefühl, von ihr gewollt zu werden.

Das Geheimnis, das uns miteinander verband.

Die Idee, ganz bewusst etwas Unvernünftiges zu tun.

Ich war wie elektrisch aufgeladen. Auf einmal war sehr viel los in meinem Leben. Vor allem, weil ich mich danach weiter mit ihr traf, ohne mit meiner Freundin Schluss zu machen oder ihr etwas zu sagen.

Ab diesem Augenblick waren Lügen meine ständigen Begleiter. Ich machte Versprechungen, erfand Ausreden, bat meinen besten Freund um ein Alibi. Ich verwandelte mich in einen Menschen, der ich gar nicht sein wollte und als der ich mich auch nicht wohlfühlte. Nie war ich bei einer meiner beiden Freundinnen ganz. Weder bei meiner richtigen noch meiner geheimen. Immer verhielt ich mich ihnen gegenüber nur so lange aufmerksam, bis sie keinen Verdacht mehr hatten, warum ich erst so spät gekommen war, oder nicht mehr sauer auf mich waren, dass ich schon wieder früher gehen musste. Ich führte zwei Leben, aber auf keins ließ ich mich wirklich ein. Ich hätte sonst gar nicht weitermachen können.

Ich wünschte, ich könnte sagen, dass mir meine Freundin in dieser Zeit leidtat, dass ich mich gefragt hätte, wie ich ihr das nur antun kann. Aber so war es leider nicht. Ich war so beschäftigt damit, dass ich nicht erwischt wurde, dass ich keine Scham fühlte, keine Schuld, kein Mitleid.

Das kam alles erst, als meine Freundin mich an der Bushaltestelle unter Tränen abpasste, weil sie über alles Bescheid wusste.

»Das hätte ich nie von dir gedacht!«, schrie sie mich an.

Sie war erschüttert von dem, was ich getan hatte. Und das war ich plötzlich auch. Ich schämte mich für die Lügen, die ich erzählt, die Tricks, die ich gebracht, und die Freude, die ich gefühlt hatte, wenn sie funktionierten. Ich schämte mich für den netten Jungen, der ich zu sein vorgespielt hatte, und den Betrüger, der ich stattdessen gewesen war. Nie wieder wollte ich mich so weit von mir entfernen. Nichts von dem, was ich dadurch erlebt hatte, wog das auf.

Ist Fremdgehen sehr schlimm?

Natürlich kann jeder tun, was er will. In dem Fall kommt nur einfach nie etwas Gutes dabei heraus, finde ich.

7.

Warum bin ich dauernd von ihm genervt, obwohl wir uns lieben? (Alexa)

Nach zwei Jahren waren mein Gitarren-Freund und ich immer noch zusammen. Inzwischen gingen wir wieder gemeinsam auf Partys. Dafür war ich mit einem Mal total genervt von ihm. So richtig schlimm. Egal, was er sagte oder tat. Ich hielt dieses Genervtsein kaum aus. Es war wie Folter.

Doch sobald mein Freund aus der Tür raus und zur Bandprobe unterwegs war, vermisste ich ihn. So richtig schlimm. Ich war tieftraurig, dass ich die ganze Zeit so zickig zu ihm gewesen war. Ich dachte: »Was stimmt nicht mit mir? Eigentlich liebe ich ihn doch!« Und – zack – schwelgte ich in den verliebten Gefühlen von unserem glamourösen Anfang, als alles noch so neu und aufregend gewesen war. Als ich alles, was er sagte oder tat, welterschütternd oder visionär gefunden hatte. Im Grunde genommen liebte ich doch die Rechtschreibfehler in seinen Liebesbriefen! Ich liebte die Musik, die ich bei ihm zum ersten Mal gehört hatte. Ich liebte seinen hüpfenden Gang, über den sich alle anderen lustig machten. Ich liebte seine etwas zu großen Boots, und ich liebte, dass er schon zum zweiten Mal eine Klasse wiederholte, weil er keine Lust auf Schule hatte.

Aber kaum stand er wieder vor der Tür, war ich extrem genervt. Plötzlich störte mich wieder alles an ihm. Besonders seine etwas zu großen Boots, dass er zwei Klassen unter mir war, dass er diesen total peinlichen Gang hatte. Alles, was er mir erzählte, war nervig. Wie er sich bewegte, was er sagte und wie er lachte! Nichts von alldem war mehr schön. Jede seiner Bewegungen erzeugte einen irrsinnigen Widerstand in mir. Als würden sich in mir ständig hohe, unüberwindliche Backsteinmauern aufbauen.

Allerdings glaube ich, dass es meinem Freund mit mir ganz genauso ging. Denn auch er machte recht bald einen ziemlich genervten Eindruck. Wir wussten nichts mehr mit uns anzufangen. Einerseits zwangen wir uns miteinander Zeit zu verbringen, weil wir ja noch zusammen waren, andererseits hielten wir es kaum miteinander aus und überlegten uns im Stillen, wie entspannt und frei wir uns ohne den anderen doch fühlen würden. Wobei wir gleichzeitig ahnten, dass wir uns gegenseitig vermissen würden, wenn wir uns ganz voneinander lösten. Es war ein Teufelskreis, den ich nicht verstand. Ich wusste nicht mehr, was ich tun sollte. Der Zauber und die atemberaubende Verliebtheit waren weg und leider nur noch in der Fantasie rückholbar.

Ich befürchte, wir waren beide genervt vom Stillstand. Zwischen uns bewegte sich nichts mehr. Es war alles so eingefahren. Es gab keine Überraschungen mehr. Für alles hatten wir inzwischen Regeln aufgestellt, wie was zu laufen hatte. Zum Beispiel: Wir übernachten jede Nacht beieinander. Oder: Wir jobben beide nur montags und mittwochs. Auf keinen Fall wollten wir in Konflikte geraten, denen wir uns nicht gewachsen sahen. Also, dass der andere Sachen unternimmt, die man selbst nicht gut findet oder die einem sogar Angst machen. Es gab gar keine Spontanität mehr. Nur noch stumme, gähnende Fernsehabende.

Außerdem waren wir in den letzten zwei Jahren älter geworden, die Welt war größer geworden, und ich hatte beim Ausgehen ein paar interessante Leute kennengelernt, was es mir zusätzlich schwer machte, mich voll auf meinen Freund zu konzentrieren und mich immer wieder für ihn zu entscheiden. Speziell bei diesem uninspirierten Rentnerdasein!

Irgendetwas in mir sagte: »Du musst dich ausprobieren!« Und: »Du musst weitergehen!« Oder: »Du willst dich noch mit anderen Jungs erleben.« Diese Stimme wurde immer lauter in mir, bis mein Freund und ich uns zwei Monate später tatsächlich trennten. Denn auch mein Freund wollte sehen, wie es war, mit einem anderen Mädchen zusammen zu sein, mit dem noch nicht alles komplett durchgeplant war. Wer er in einer neuen Beziehung sein würde. Als er sehr schnell eine neue Freundin hatte, verkaufte er zuallererst seine Gitarren, um mit ihr in den Urlaub zu fliegen.

Das heißt nicht, dass ich mich jedes Mal zwangsläufig trennen muss, sobald ich von dem anderen genervt bin. Es bedeutet nur, dass es Zeit für mich wird, den nächsten

Schritt zu machen und eine Entscheidung zu treffen: für die Beziehung und die gemeinsame Entwicklung. Für die Bereitschaft, ein paar Regeln über Bord zu werfen und zu sehen, was dann passiert. Oder aber ich treffe eine Entscheidung für die Trennung und das Ausprobieren. Doch irgendwann komme ich in jeder Beziehung an den Punkt, an dem ich es mit mir selbst, meinen Unsicherheiten und Ängsten zu tun bekomme und mich ihnen stellen muss, anstatt wegzulaufen oder ständig neue Regeln aufzustellen, die den Kontakt mit den Unsicherheiten verhindern sollen.

8.

Ich will Schluss machen, aber niemandem wehtun. Geht das? (Marcus)

In meiner Jugend haben Mädchen auf die unterschiedlichsten Arten mit mir Schluss gemacht. Eine schrieb mir auf einen kleinen Zettel, dass sie jetzt irgendwie doch lieber mehr Zeit mit ihren Freundinnen verbringen will. Eine verfasste einen langen Brief, in dem ich als derart toller Mensch beschrieben wurde, dass ich gar nicht verstand, warum sie trotzdem nicht mehr mit mir zusammen sein wollte. Einmal hörte ich plötzlich gar nichts mehr von einem Mädchen, das eben noch meine Freundin gewesen war, und einmal wurde ich von dem Mädchen, in das ich so verliebt gewesen war wie in niemanden zuvor in meinem Leben, vor der Disco zur Seite gebeten, um mir zu sagen, dass Schluss ist, während ihr neuer Freund schon in der Schlange stand und auf sie wartete.

Ich kann wirklich sagen: Es gibt keinen schmerzfreien Weg, mit jemandem Schluss zu machen.

Aber ich glaube: Es gibt einen richtigen.

Wenn man mit jemandem Schluss macht, verwandelt man diesen Menschen, der gerade noch Pläne, Freude, Hoffnung, Sinn, also eine Zukunft hatte, in einen Menschen, der in ein schwarzes Loch gesaugt wird, in dem es von alldem nichts mehr gibt. Natürlich tut das weh. Einer geht, der andere bleibt zurück. Auf den einen wartet die Welt, der andere versteht sie nicht mehr. Daran kann man nichts ändern. Außer man macht nicht Schluss. Aber man hat Gründe dafür, warum man mit dem anderen nicht mehr zusammen sein will. Warum kann man sie dann nicht sagen?

Wenn mit mir Schluss gemacht wurde, dann wollte ich kein Mitleid, sondern Ehrlichkeit. Wenn meine Freundin auf einmal einen anderen hatte, sollte sie nicht behaupten, ich hätte jemand Besseren verdient als sie. Wenn ich ihre Liebe verloren hatte, wollte ich wissen, wann, warum und was ich hätte tun können? Ich wollte nicht hören, dass es irgendwie nicht mehr so wie früher sei. Wenn jemand mit mir Schluss machte, wünschte ich mir, dass wir nicht auf den letzten Metern die Achtung voreinander verloren und einer sich plötzlich aus dem Staub machte und sich einfach nicht mehr meldete. Als hätte es uns und unsere Liebe nie gegeben. Das fühlte sich so schrecklich und gemein an. Das hatte ich nicht verdient! Ich wünschte mir, dass wir uns in die Augen sahen, um aufrichtig voneinander Abschied zu nehmen.

Am Ende wäre ich immer noch traurig gewesen, wenn ich unser Lied im Radio gehört hätte, sie schräg über den

Schulhof hätte lachen sehen oder in der Disco an der Hand eines anderen Jungen, aber ich wäre mit meinem Kummer besser klargekommen. Ich hätte aufhören können, zu hoffen, mich zu fragen, was ich falsch gemacht hatte, und mich mit meinen eigenen Gedanken zu martern, weil ich auf meine Fragen keine ehrliche Antwort bekommen hatte. Ich hätte ein richtiges Ende gehabt und wieder einen neuen Anfang finden können. Das ist das einzige, das letzte Geschenk, was man jemandem machen kann, mit dem man nicht mehr zusammen sein möchte – man gibt ihn frei.

9.

Soll ich mich trennen, wenn es schwierig wird? (Alexa)

In jeder Beziehung wird es irgendwann schwierig. Egal, wie sehr man sich liebt. Egal, wie sehr man Harmonie bevorzugt. Ich wäre dankbar gewesen, wenn mir das mal jemand gesagt hätte. Durch Schneewittchen, Dornröschen, Aschenputtel und die ganzen anderen Prinzessinnen-Märchen dachte ich: Wenn man sich liebt, schwebt man ständig auf einer rosaroten Wolke und versteht sich blind bis an sein Lebensende. Ich dachte: Die Liebe klärt alles wie von selbst. Darum glaubte ich auch, dass jeder noch so winzige Ärger ein gefährlicher Hinweis darauf sein könnte, dass etwas grundsätzlich nicht stimmte. Dass man unrettbar verloren und die Liebe »gestorben« war.

Inzwischen habe ich lernen müssen, dass es in jeder Beziehung Krisen gibt. Diese Krisen bedeuten aber nicht, dass man sich automatisch trennen muss. Diese Krisen bedeuten meistens nur, dass man selbst oder der andere vor etwas

Angst hat. Vor irgendetwas, was einem so peinlich oder mickrig vorkommt, dass man besser nicht darüber reden möchte. Lieber versteckt man seine Angst, indem man zum Beispiel richtig wütend reagiert und den anderen angreift.

Aber dadurch klärt sich nichts.

Als ich einen neuen Freund hatte, in den ich unsterblich verliebt war, bekam ich zum Beispiel mit einem Mal riesige Verlustangst. Die war so RIESIG! Und QUÄLEND! Ausgelöst wurde »meine« Verlustangst dadurch, dass mein neuer Freund eines Abends nicht anrief, obwohl er es versprochen hatte. Bis weit nach Mitternacht hielt ich das Telefon in Händen, starrte es an, damit es bitte!, bitte! endlich klingelte. Aber es klingelte nicht. Die restliche Nacht schlief ich kaum. Es fühlte sich an, als würde ich mich auflösen. Ich wurde fast irre im Kopf. Ich kam mir entsetzlich bedürftig vor, so, als sei ich nichts wert. Als müsste ich ab jetzt und für immer um Liebe flehen. Als müsste ich dankbar sein, dass mein Freund sich meiner überhaupt erbarmte!

Nach intensiver Selbstanalyse kam ich darauf, dass diese grausige Verlustangst ursprünglich durch meine Mama ausgelöst worden war, weil sie mich einmal viel später als sonst bei der Kinderfrau abgeholt hatte. Als meine Mutter schließlich kam, glaubte ich schon, ich würde meine Familie nie wiedersehen. Ich weinte entsetzlich, und meine Mutter musste mich auf ihrem Schoß einen ganzen Nachmittag sanft schaukeln, bis ich mich einigermaßen wieder sicher und geborgen fühlte.

Das klingt übertrieben? Ist es vielleicht auch. Trotzdem gibt es bei vielen unserer Ängste einen Grundauslöser, der irgendwo tief in unserer frühesten Vergangenheit mehr oder weniger verborgen liegt. Und bei meiner Verlustangst war es eben der mit meiner Mutter und der Kinderfrau. Hilft ja nichts.

Jedenfalls ist es mit meiner Verlustangst immer schlimmer geworden, weil ich plötzlich richtig Angst vor der Angst bekam. Besonders heftig wurde es, als mein damaliger Freund in den Sommerferien *Interrail* quer durch Europa machte und sich fünf Tage lang nicht meldete. Ich war mir sicher: Das war's! Er will mich nicht mehr! Ich bin fast durchgedreht und dachte, ich kann mich gleich in die nächstbeste psychiatrische Klinik einweisen lassen oder ich bringe mich direkt um. Damit dieser Schmerz des Verlassenseins aufhört. Meine Mutter, meine große Schwester, meine besten Freundinnen – niemand konnte mich beruhigen. Plötzlich war ich wieder das kleine fünfjährige Mädchen, das glaubt, es sieht seine Familie nie wieder!

Als mein Freund sich dann schließlich fröhlich meldete, war ich so wütend, wie er mir das Warten, diese Ungewissheit hatte antun können. Fünf Tage lang! Ich schimpfte sofort los und machte ihm richtig heftige Vorwürfe. Woraufhin er sich noch einmal fünf Tage lang nicht mehr von unterwegs meldete. Er fand meine Reaktion total überzogen! Schließlich machte er mit dem Zug *Interrail*, schlief im Zelt und nicht in einem Hotel mit Telefon auf dem Nachttischchen. Er konnte gar nicht verstehen, warum ich so aufgelöst war. Vielmehr fand er es total unangenehm, dass ich ihn mit meinem Verhalten so unter Druck setzte – und das obwohl er im Urlaub war! Da wollte er entspannen! Er meinte, ich solle mich mal erwachsen verhalten und nicht wie eine Klette! Was in mir noch heftigere Verlustangst auslöste, weil ich glaubte: Jetzt liebt er mich endgültig nicht mehr.

Die Angelegenheit wurde erst besser, als von ihm die ersten Briefe eintrudelten, in denen er mir lang und breit erzählte, was er alles erlebt hatte. So fand ich mein Vertrauen wieder und schaffte es wiederum, beim nächsten Telefonat zu meinem Freund mutig zu sagen: »Nimm es nicht persönlich, aber wenn du dich fünf Tage lang nicht meldest, gehe ich davon aus, du kommst nie mehr wieder. Ich kann nichts dafür. Das liegt daran, dass meine Mama mich als Fünfjährige zu spät von meiner Kinderfrau abgeholt hat.«

Zuerst schwieg er am anderen Ende der Leitung – irgendwo in Spanien. Ziemlich lange. Sodass ich schon dachte, er hätte einfach aufgelegt. Vermutlich überlegte er aber nur, ob ich gehörig einen an der Waffel habe. Dann sagte er schließlich: »Danke, dass du mir das gesagt hast. Aber mach dir keine Sorgen. Erstens bin ich nicht deine Mutter, zweitens gehst du nicht mehr zur Kinderfrau und drittens ist es hier schwierig, funktionierende Telefone zu finden. Das heißt aber nicht, dass ich nicht an dich denke.« Plötzlich fühlte ich mich stark – nicht mehr wie fünf. Weil ich die Situation geregelt hatte. Das hat geholfen, nicht mehr so große Angst zu haben.

Zehn Tage später war mein Freund wieder da. In der Zeit haben wir nicht mehr telefoniert. Was für mich plötzlich total in Ordnung war. Ehrlich: Ich habe gar nicht mehr daran gedacht! Dafür kamen noch zwei lange Briefe von ihm an, in denen er seine Reiseerlebnisse mit mir teilte. Am Abend seiner Heimkehr saßen wir glücklich in seinem Zimmer, und mein Freund verriet mir, wovor er die größte Angst hat: dass er irgendetwas falsch machen könnte. »Weil meine Grundschullehrerin mal vor der ganzen Klasse zu mir gesagt hat, dass ich nichts richtig machen kann.« Deswegen hatte er gleich mit so viel Abwehr auf meine Vorwürfe reagiert. Plötzlich wussten mein Freund und ich etwas übereinander, was sonst niemand wusste: er die Sache über mein Trauma mit der Kinderfrau, ich die Sache mit seiner Grundschullehrerin. Das hat uns zusammengeschweißt und uns Vertrauen geschenkt. Es wäre ziemlich schade gewesen, wenn wir uns wegen der erstbesten Krise vor Verzweiflung entzweit hätten. Dann hätten wir uns nie besser kennengelernt!

10.

Sollten wir wieder zusammenkommen? (Marcus)

Die Hoffnung, mit der Freundin wieder zusammenzukommen, die mich vor der Disco hatte stehen lassen, weil ihr neuer Freund schon in der Schlange wartete, war eine meiner schönsten überhaupt. Die Idee, dass das, was am Ende zwischen uns stand, gar nicht der andere Junge war, sondern all die Momente, in denen wir gar nicht richtig bei der Sache gewesen waren, und dass wir es besser machen könnten, wenn wir nur eine zweite Chance bekämen, diese Idee begeisterte mich sofort, als ich erfuhr, dass sie nicht mehr mit dem anderen Jungen zusammen war.

Eben noch niedergeschlagen lief ich nun leichtfüßig in den Tag hinein und sammelte lauter Beweise, dass ich nicht ohne Grund hoffte. Ein Blick von ihr über den Schulhof. Etwas, das ihre beste Freundin im Vorbeigehen zu mir sagte. Unser Lied, das plötzlich im Radio lief. Auf einmal schien mir alles zu sagen: Ihr kommt wieder zusammen!

Als wir dann nach dem Schulfasching in unseren Kostümen noch ein Stück zusammen nach Hause liefen und uns zum Abschied tatsächlich küssten, war es – wie immer, wenn sich ein tiefer Wunsch erfüllt – das Größte.

Auf der einen Seite waren wir schon kurz darauf wieder so vertraut miteinander, als seien wir nie getrennt gewesen. Ihr Zimmer sah noch genauso aus, wie ich es kannte. Sie hatte noch immer dieses romantische Poster an der Wand, sie übte noch immer an demselben Klavierstück wie früher und benutzte noch immer dasselbe Parfüm. Es war, als würde ich nach Hause kommen.

Auf der anderen Seite waren wir aber auch irgendwie neu, anders. Ich war viel witziger und selbstbewusster als früher, was ihr sofort gefiel. Sie war jetzt aufmerksamer und dachte – soweit ich das mitbekam – nicht mehr an den anderen Jungen. Dass wir wieder zusammengekommen waren, schien eine bessere Version von uns hervorzubringen. Eine bessere Version von jedem von uns, aber auch von uns zusammen. Die Trennung hatte uns irgendwie reifer gemacht, dachte ich. Es war ganz toll.

Und weil es so toll war, redeten wir auch nicht über unsere Pause. Sie erzählte nichts über den anderen Jungen und ich fragte nicht nach. Warum die Stimmung verderben? Ich spürte ja, dass es ihr leidtat, und mehr wollte ich im Grunde auch nicht wissen. Also machten wir weiter wie früher, bis es zwischen uns irgendwann auch wieder so eingefahren war wie früher.

Als ich spürte, wie sie langsam das Interesse an mir verlor, verlor ich auch meinen Witz und mein neues Selbstbewusstsein. Alles, was ich versuchte, um uns zusammenzuhalten, fühlte sich auf einmal albern an. Wir trieben voneinander weg.

Ich war mit ihr wieder zusammengekommen, um alles anders, alles besser zu machen, aber irgendwie bekamen wir es nicht hin. Versuchte ich, mich mit ihr zu unterhalten, kamen wir nicht richtig ins Gespräch. Gingen wir auf eine Party, verloren wir uns aus den Augen. Manchmal, wenn wir uns voneinander verabschiedet hatten, bekam ich plötzlich das Gefühl, ich müsste noch mal zu ihr zurück, so als hätten wir uns irgendwie verpasst. Aber wenn ich dann wieder vor ihr stand, wusste sie gar nicht, was ich von ihr wollte. Jedes Mal hoffte ich, dass wir beim nächsten Treffen wacher, offener, witziger und glücklicher sein würden, aber dann waren wir doch nur wie immer. So seltsam betäubt.

Es gab keine bessere Version von uns. Das waren schon wir. Das war das Beste, was wir miteinander hinkriegen konnten.

Und das reichte mir nicht.

Manchmal kommt man mit jemandem wieder zusammen, weil man miteinander eine Chance verpasst hat. Manchmal aber auch, um zu sehen, dass es wirklich vorbei ist.

Als ich das verstand, war ich zwar traurig, aber ich wusste nun auch genauer, nach was für einer Art Liebe ich suchte.

11.

Muss ich meinen Freund mit seinem besten Freund teilen? (Alexa)

Als meine beste Freundin Sophia ihren neuen Freund Vincent hatte, verbrachten sie zuerst sehr viel Zeit miteinander. Jedes Treffen kam einer Erleuchtung gleich, wie Sophia meinte. Egal, was sie erlebten: Ob sie im Fahrkartenautomaten ein Geldstück fanden, sie auf seinem Bett saßen, selbst gedrehte Zigaretten rauchten und Musik hörten, ob sie bei Aldi Waschmittel für seine Mutter kauften, zusammen auf eine Party gingen, Sophia von Vincent aus Witz auf die Kühlerhaube eines Autos geschubst wurde und die Alarmanlage anging oder sie bei ihm zu Hause in der Küche ein Käsebrot machten. Alles war magisch!

Klar hatte Sophia ein paar beste Freundinnen – zum Beispiel mich! – und ihr Freund hatte sein »Fotografieren«. Eigentlich hatte er immer eine Kamera dabei und fotografierte so ziemlich alles! Die Blätter am Baum. Sophias Gürtelschnalle. Sich selbst in Jesus-Pose im Kornfeld. Aber nichts war so bedeutungsvoll und unersetzlich für die beiden wie ihre Zeit zu zweit. Es war, als hätten Sophia und Vincent endlich, endlich in der Masse von all diesen Millionen Menschen den genau für sie passenden Menschen getroffen. Als könnten sie miteinander endlich so sein, wie sie wirklich waren. Als würden sie jetzt erst zu ihrer wahren Kraft und Kreativität finden.

Die beiden waren wie im Rausch. Und irgendwann war Sophia richtig ein bisschen süchtig nach diesem Rausch. Sie wollte nicht, dass diese Magie aufhört. Diese Unbedingtheit. Diese Leidenschaft. Diese Bedeutung. Diese Fülle!

Aber dann, ein paar Wochen später, war der Rausch nicht mehr ganz so heftig, und Vincent unternahm plötzlich wieder mehr mit seinem besten Freund Axel! Axel hatte immer Zeit, nie eine feste Freundin, sondern hing lieber »gediegen« irgendwo rum und ließ es sich gut gehen. »Kein Stress« und so weiter. Sophia fand ihn echt unreif. Sie konnte nicht verstehen, warum er und Vincent sich dauernd sehen mussten. Und wenn sie sich nicht sahen, telefonierten sie miteinander, um sich die neuesten Ereignisse brühwarm zu erzählen und auszuwerten. So, als hätte Vincent quasi noch eine Freundin. Am Wochenende schlief Axel sogar bei Vincent auf dem Hochbett. In dem Bett, in dem Sophia bis vor Kurzem immer am Wochenende gelegen hatte! Und wenn Sophia sich mit Vincent traf, musste der schon bald wieder los, um Axel zu treffen. Denn der machte immer mehr Druck – offenbar aus Sorge, Vincent als seinen besten Freund zu verlieren. Es war ein richtiges Gerangel um Vincent.

Zu mir hat Sophia immer gesagt: »Ich könnte durchdrehen!« Aber zu Vincent hat sie nie etwas direkt gesagt, sondern nur stumm gelitten. Irgendwann, als es ihr dann doch zu viel wurde, hat sie vor lauter Hilflosigkeit einen richtig heftigen Nervenzusammenbruch bekommen. Um Vincent zu signalisieren, dass sie so nicht weitermachen kann. Was Vincent wiederum nur dazu veranlasste, sich noch stärker dem entspannten Axel zuzuwenden. Schließlich hatte der keine Nervenzusammenbrüche oder weinte hysterisch. Dafür konnte man mit ihm super Bier trinken. Vincent meinte sogar zu Sophia: »Ich lass mich nicht von dir isolieren!«

Aber darum ging es Sophia ja gar nicht! Sie wollte einfach nur nicht ständig diesen Axel im Nacken sitzen haben. Sophia und ich haben uns sehr viele Gedanken darüber gemacht, was Vincents Verhalten zu bedeuten hat und ob Sophia die Dauerpräsenz von Axel tolerieren muss oder ob sie »ein Recht darauf hat«, dass ihre Beziehung auch für Vincent oberste Priorität hat! Sophia hatte sogar Sorge, dass Vincent eventuell schwul geworden sein könnte.

War er nicht. Nur total überfordert von der Intensität der Beziehung. Und von Axels wie von Sophias Erwartungen. Dauernd hatte er das Gefühl, niemandem mehr gerecht werden zu können und nur noch von Sophia zu Axel zu hetzen. Und zurück. Und er sah sich irgendwie auch nicht in der Lage, Axel zu sagen, dass er jetzt nicht mehr ganz so viel Zeit hatte wie früher. Vincent hatte furchtbare Angst, Menschen zu enttäuschen und sich unbeliebt zu machen. Das erfuhr Sophia schließlich, als sie endlich die Worte fand, Vincent zu sagen, wie sie sich eine gelungene Beziehung vorstellte. Sie erzählte ihm alles. Wie sie sich fühlte und was sie sich wünschte.

Da Sophia und Vincent sich ja aber tatsächlich gesucht und gefunden hatten, schafften sie es nach und nach, ihre Liebe so zu gestalten, wie es für beide schön war. Sich dem anderen in seiner Verletzbarkeit zu zeigen, ohne, dass der Partner sich dadurch gleich bedroht fühlt, bedarf meist einiger entschlossener Anläufe. Aber es lohnt sich. Grundsätzlich gibt es meines Wissens jedenfalls keine feste Regel, wie viel Zweisamkeit in einer Beziehung gut und richtig ist. Vermutlich ist das totale Geschmacksache. Manche brauchen mehr Zweisamkeit, manche weniger. Wichtig ist doch, dass sich beide darüber gemeinsam einig werden.

12.

Können Jungs und Mädchen überhaupt miteinander befreundet sein? (Marcus)

Nach dem Abitur war ich eine Zeit lang mit einem Mädchen befreundet. Sie hieß Kati. Sie war witzig, schnell im Kopf und ließ sich von niemandem etwas sagen. Es machte einen riesen Spaß, sich mit ihr zu unterhalten, aber dass aus uns ein Paar werden konnte, das hatte ich eigentlich schon auf der Party ausgeschlossen, auf der ich sie kennenlernte. Sie war nicht mein Typ. Darum konnten wir ja so gut befreundet sein, dachte ich.

Über Monate gingen wir überall zusammen hin. Wir konnten über alles reden, auch über Mädchen, die ich toll fand. Sie hörte zu und erklärte mir, wie Mädchen denken, warum sie etwas tun und warum manchmal nicht. Sie war mein bester Kumpel. Bis ich irgendwann über Nacht bei ihr blieb. Danach war es plötzlich komisch zwischen uns.

Ich dachte zuerst, das geht weg, das ist nur die Unsicherheit, bis alles wieder so ist wie früher. Aber das passierte nicht. Mich hat das erstaunt. Warum konnten wir nicht wie früher sein? Weil wir miteinander geschlafen hatten? War das nicht der Beweis dafür, wie gut wir uns verstanden? Wir waren sowieso schon so unbekümmert und fröhlich, wie das nur Freunde sein können, jetzt konnten wir nachts auch noch beieinander bleiben, wenn uns jemand fehlte. War das nicht viel besser, als offiziell zusammen zu sein?

»Für dich vielleicht«, sagte sie.

»Für dich nicht?«, fragte ich.

»Ich kann nicht nur mit dir befreundet sein.«

Nach diesem Gespräch waren wir keine Freunde mehr. Wir waren nicht verfeindet oder so, wir wendeten uns auch nicht ab, wenn wir den anderen zufällig auf einer Party sahen, wir waren nur nicht mehr befreundet. Ich fand das schade, wirklich kapiert habe ich es nicht.

Warum gab sich Kati denn nicht mit einer Freundschaft zufrieden, statt eine Beziehung zu wollen, die wir nicht haben würden, weil ich eben leider nicht verliebt war? Warum verzichtete sie lieber auf das Gute, das wir immerhin hatten, nur weil sie nicht alles haben konnte?

Einige Monate später lernte ich bei einer Infoveranstaltung der Uni, an der ich studieren wollte, ein Mädchen kennen, Vicky. Ich fand sie auf Anhieb toll und offensichtlich mochte sie mich auch. Ich war drauf und dran, mich in sie zu verlieben. Was sie genau wollte, konnte ich nicht erkennen. Wenn wir zusammen ausgingen, redeten, lachten und einander vertrauliche Dinge erzählten, meinte ich manchmal, jetzt gebe sie mir ein Zeichen, dass sie mit mir zusammen sein wollte, aber dann war ich mir nie sicher, ob ich es richtig verstand. Fragte uns jemand, was denn zwischen uns eigentlich läuft, antwortete ich schnell, wir seien nur gute Freunde. Ich dachte, das wäre das Sicherste.

Bis ich irgendwann bei Vicky übernachtete.

Es war ein schöner Abend, am Ende waren wir ziemlich betrunken, und als ich am anderen Morgen neben ihr aufwachte, musste ich mir eingestehen, dass ich längst in sie verliebt war, eigentlich von Anfang an. Daran kam ich nicht mehr vorbei und ich hatte auch keine Lust mehr dazu. Aber ich traute mich nicht, ihr das zu sagen. Ich wollte erst abwarten, wie sie reagierte.

Sie reagierte, als sei nichts gewesen.

Also tat ich das auch.

Bei den nächsten Treffen wartete ich noch auf einen Blick, eine Bemerkung, eine Berührung, irgendetwas, das mir zeigte, dass diese Nacht etwas für sie verändert hatte. Aber Vicky war wie immer. Für sie war ich nach wie vor ihr bester Kumpel, mit dem sie nun auch noch diese schräge Geschichte erlebt hatte. Sie fand es witzig, vielleicht auch cool. Ich sagte nichts dazu, und zwar aus demselben Grund, warum ich auch davor schon nichts gesagt hatte.

Ich wollte mir keine Blöße geben.

Ich musste an Kati denken. Erst jetzt verstand ich, dass sie Mut gebraucht hatte, um mir zu sagen, dass sie mehr will als nur Freundschaft. Und dann noch mal Mut, um zu gehen, als sie erkannte, dass ich nicht in sie verliebt war. Sie hatte etwas gewollt und war dafür eingetreten, auch wenn es so schien, als sei sie dafür nicht belohnt worden – danach war sie immerhin frei.

Ich dagegen blieb tapfer weiter mit Vicky befreundet.

Dass sie irgendwann einen Jungen treffen könnte, der ihr Freund und nicht ihr Kumpel werden würde, hatte ich ganz übersehen. Aber natürlich passierte genau das. Der Wahrheit, der ich die ganze Zeit ausweichen wollte, entkam ich letztlich doch nicht.

Heißt das, Jungs und Mädchen können nicht miteinander befreundet sein? Doch, ich denke schon, das können sie. Sie können es sogar sehr gut. Sie dürfen sich nur nicht ineinander verlieben. Ich weiß nicht, ob das geht, wenn man wirklich gut befreundet ist, man sich dem anderen anvertraut, für ihn da ist. Dann liegt es nahe, dass sich wenigstens einer von beiden verliebt. Einfach, weil zwei Menschen miteinander immer diese Möglichkeit haben. Einer von beiden wird sich irgendwann fragen, was zusammen alles noch möglich wäre. Aber einer von beiden reicht eben nicht. Einer ist zu wenig.

FREUNDSCHAFT

13.

Nach einer Party frage ich mich immer, was die anderen von mir denken, ob ich was Falsches gesagt habe und ob sie mich noch mögen. (Alexa)

Meine Clique und ich crashten, wie gesagt, am Wochenende grundsätzlich Partys. Bei irgendwelchen Leuten, deren Eltern gerade nicht da waren. Wir kamen zu zwanzigst rein, ich drehte eine Runde im Wohnzimmer, und dann drehte ich auch schon durch. Plötzlich fand ich alles ungeheuer witzig. Ich riss einen Witz nach dem anderen. Ich lachte und tanzte, ich plauderte mit mir vollkommen fremden Personen und war mehr oder weniger zu allem bereit. Hätte jemand gesagt: »Alexa, schwing dich an der Deckenlampe durchs Zimmer!« – ich hätte es gemacht. Ganz heftig wurde es, als dann auch noch Alkohol ins Spiel kam. Ich erinnere mich noch sehr gut an diese Party bei Jenny. Ihre Mutter war nicht zu Hause, es drängten immer mehr spannende Leute herein und meine beste Freundin Annika reichte mir einen Pappbecher mit Rotwein. Ich dachte: »Was soll's. Irgendwann muss ich das Zeug ja auch mal probieren.« Bis dahin hatte ich noch nie Alkohol getrunken. Eigentlich war ich total dagegen. Ich fand es besser, auch ohne Hilfe witzig zu sein.

Aber weil ich Durst hatte, kippte ich gleich den ganzen Becher runter. Keine fünf Minuten später war ich sicher, dass ich sterbe. Ich konnte nicht mehr deutlich sprechen. Um mich drehte sich alles. Ich taumelte durch die Wohnung, auf der Suche nach einem stillen Plätzchen. Vor der Abstellkammer traf ich auf Jenny. Ich lallte: »Ich sterbe.« Und sie: »Was?« Und ich wieder: »Ich muss mich zum Sterben hinlegen.« Jenny hat natürlich sofort geschnallt, dass ich einfach nur ziemlich einen in der Krone hatte. Sie hat die Tür zur Abstellkammer geöffnet, in der schon eine Menge Jacken von den anwesenden Gästen lagen. Darauf hat sie mich gebettet, und ich habe gehaucht: »Sag Annika bitte, dass sie zu mir kommen soll.« Kurz darauf kniete meine beste Freundin neben mir und hielt meine Hand. Ich kam mir echt vor wie der sterbende Winnetou. Ich flüsterte heiser: »Ich habe dich sehr lieb. Danke, dass du meine Freundin warst.« Kurz darauf hockte meine andere beste Freundin Sophia bei mir in der Abstellkammer, damit ich auch von ihr gebührend Abschied nehmen konnte.

Ich bin nicht gestorben, sondern taumelte schon wenig später allein auf dem Balkon herum, um ein bisschen frische Luft zu schnappen. Da tauchte Yannick neben mir auf, der Exfreund von Annika.

Wir standen in der Nacht herum, der Mond schien hell, und ich fand Yannick plötzlich ziemlich attraktiv. In meinem beduselten Zustand hatte ich sogar das Gefühl, dass das eigentlich schon immer so gewesen war. Überhaupt war ich gerade in außerordentlich dramatischer Stimmung. Alles kam mir ungeheuer wichtig und besonders vor. Durch die halb geschlossene Balkontür hörten wir die vielen Stimmen, das Lachen, die Musik. Wir tranken inzwischen beide aus Yannicks Bierflasche und überhaupt wollte ich mal meine Anziehungskraft prüfen. Ich empfand es plötzlich als die totale Verschwendung, ungeküsst hier herumzustehen. Ich dachte: »So jung sehen wir uns nie wieder!« Darüber führte ich dann auch noch ein etwas längeres, unzusammenhängendes Gespräch mit Yannick, der die ganze Zeit versuchte, mich etwas auf Abstand zu halten, was mich nur noch fordernder machte. Ich schätze, ich zwang ihn förmlich, mich zu küssen.

Ich weiß nicht mehr ganz genau, wie ich im Morgengrauen nach Hause kam. Ich kann mich nur noch an einen sehr unruhigen Schlaf erinnern, in dem immer wieder die peinlichsten Partyszenen in Fetzen an mir vorbeiflogen: Gegen zwei Uhr nachts hatte ich in Jennys Badezimmer geduscht und mir die Haare gewaschen, weil ich plötzlich fand, dass die komisch »saßen«. Anschließend hatte ich so ungefähr jedem Partygast meine neue H&M-Spitzenunterwäsche gezeigt und noch einen anderen Jungen geküsst – aus Versehen direkt neben Yannick.

Als ich am nächsten Mittag aufwachte, wollte ich auswandern. Ich dachte: Ich werde mich auf ewig verstecken müssen! Ich will Yannick nie wieder unter die Augen treten. Ich empfand mich als den furchtbarsten Menschen, der diese Welt je bevölkert hatte.

Trotzdem! Ich habe etwas aus dieser Partynacht gelernt! Dass Alkohol einen eventuell dazu verführt, Dinge zu tun, die man im nüchternen Zustand nicht unbedingt tun würde. Zum Beispiel Yannick zu zwingen, mich zu küssen. Daraus folgte für mich und mein gesamtes weiteres Leben: möglichst nur so viel zu trinken, dass ich meine Handlungen noch einigermaßen kontrollieren kann.

Auf der anderen Seite meinten meine Freundinnen am nächsten Tag zu mir, dass es total witzig mit mir gewesen sei. Sophia meinte sogar: »Ich würde auch gerne so ausgelassen sein wie du.« Und Annika sagte: »Ich bewundere dich! Einfach allen deine Unterwäsche zeigen ist echt unkonventionell und selbstbewusst!« Das war ich ja auch! Unkonventionell und selbstbewusst! Das war meine Partyseite. Aber warum schlug dann diese überbordende Freude und Wildheit am nächsten Tag grundsätzlich in entsetzliche Panik um, dass ich total übertrieben hatte?

Irgendwann realisierte ich, dass ich an diesem Abend bei Jenny und bei allen anderen Partys ziemlich große Freude empfunden hatte. Eine ganz große Lebendigkeit. Dass ich glücklich gewesen war und das Leben gespürt hatte. Ich war einfach nur aus mir herausgegangen. Und genau das war das Beängstigende. Dass ich mir eine Freiheit erlaubt hatte, die sich so grenzenlos und ursprünglich anfühlte. Sicherlich gab es Leute, die auf den Partys witzig fanden, was ich tat oder erzählte. Sicherlich gab es auch welche, die es furchtbar fanden. Und welche, denen es egal war. Ganz sicher aber ist, dass ich mir heute wünsche, ich hätte es damals mehr genießen können. Außer, dass ich Yannick ein wenig bedrängt hatte, hatte ich ja niemandem wehgetan. Ganz im Gegenteil. Ich hatte meinen Freundinnen gesagt, wie lieb ich sie habe, ich habe getanzt, gelacht, neue Leute kennengelernt und das Leben in jeder Faser meines Körpers gespürt.

14.

Habe ich das Zeug zum King? (Marcus)

Das klingt jetzt sicher komisch, aber ich hatte eigentlich nie das Problem, dass ich nicht beliebt gewesen wäre. Die meisten mochten mich, das war schon im Kindergarten so. Ich war das Kind, das zu jedem Geburtstag eingeladen wurde. Ich war nett, ich machte keine bösen Scherze und legte es nie auf einen Streit an. Ich war total ungefährlich.

Und genau das war mein Problem.

Denn in Wahrheit mochte ich nicht, wie ich war. Ich hielt mich für weich, für nachgiebig, für leicht einzuschüchtern und an die Seite zu schieben. Also vollkommen ungeeignet für das Leben, von dem ich damals annahm, dass es hart sei und ein ewiger Kampf, der Stärkste zu sein.

Warum ich das dachte?

Ich ging einfach davon aus, dass das jeder so sieht.

In jedem Märchen, jedem Western, jedem Tierfilm und jedem Spiel ging es doch genau darum, dass nur die Stärksten überlebten. Seit ich denken konnte, wollte ich ein Anführer sein. Jemand, zu dem man aufsieht, den man bewundert, vielleicht sogar fürchtet.

Stattdessen war ich ein netter Junge.

Als ich in meinem Kindergarten eine Bande gründete, um ihr Anführer zu sein, bestand sie aus lauter Mamasöhnchen, Sonderlingen und Heulsusen, weil kein anderer Bandenchef sie nehmen wollte und ich es nicht fertigbrachte, sie abzuweisen. Auch später in der Schule blieb ich der Junge, der zu jedem Geburtstag eingeladen wurde, der jetzt eben nur Party hieß. Aber ich war nie einer von denen, über die man tuschelte oder bei denen für einen Moment die Zeit stehen blieb, wenn sie den Raum betraten. Ich war kein King.

Der King an unserer Schule hieß Sebastian König. Er sah gut aus, war Jahrgangsbester, hatte ein eigenes Auto, seine Eltern waren Anwälte – und dann hieß er auch noch König! Jeden Montag sprachen die Mädchen darüber, wo sie ihn am Wochenende gesehen hatten und vor allem mit wem. Die Namen seiner Freundinnen kannte praktisch jeder. Einmal hatte ich auf einer Schulfete fasziniert beobachtet, wie er mit einem Mädchen im Arm hinausging, nachdem er nur ein paar Sätze mit ihr gewechselt hatte. So etwas hätte ich auch gern gekonnt. Aber ich traute mich nicht.

Ich fragte mich, warum ich nicht anders konnte, als eben so zu sein, wie ich war, und ob ich so, wie ich war, überhaupt das Zeug dazu hatte, ein Anführer zu sein, ein King, ein Alpha-Tier. Machte ich mir nur was vor?

Ich konnte den Gedanken, dass ich womöglich nicht der

werden konnte, der ich sein wollte, nicht ertragen. So ein unbedeutendes Leben wollte ich nicht führen. Dann konnte ich genauso gut sterben.

Denn genau so fühlte es sich an: wie Sterben.

Dann fuhren wir auf unserer letzten Klassenfahrt in die Berge. Wir hatten die Prüfungen hinter uns, in ein paar Wochen waren wir mit der Schule fertig, und ich wusste immer noch nicht, wer ich in dem Leben sein sollte, das nun begann.

Als wir durch ein Hochtal wanderten, das ganz von Bergen eingeschlossen war, kamen wir in einen Regen, und als der Regen aufhörte, sammelte sich das Wasser in Rinnsalen am Grunde des Tals. Kleine Bäche, die sich mal größer und mal kleiner ihren Weg durch das sandige Geröll bahnten, auf dem wir standen. Sie nahmen hier ein Stück weg, spülten da etwas aus, überfluteten, versiegten, verzweigten und vereinigten sich. Ich stand da und staunte.

Anfangs dachte ich, Wasser und Sand lägen in einer Art Kampf miteinander, so wie in mir das Bedürfnis, nett zu sein, mit dem Wunsch kämpfte, ein Anführer zu sein. Als ginge es auch bei Sand und Wasser darum, wer sich durchsetzte. Als gäbe es überall nur entweder oder. Aber schließlich erkannte ich, dass das gar nicht so war.

Das Wasser nahm den Sand an einer Stelle fort und setzte ihn an einer anderen wieder ab. Der Sand legte sich dem Wasser mal hier in den Weg und machte ihm dann dort wieder Platz. Sie kämpften nicht, sie spielten miteinander, der Sand und das Wasser, und es war so unglaublich schön, diesem Spiel zuzusehen. Ich konnte gar nicht mehr aufhören. Plötzlich musste ich lachen, wie jemand, der etwas verstanden hat. Es war egal, wer ich war. Alles veränderte sich, nichts hatte Bestand. Es gab nichts zu gewinnen, es ging aber auch nichts verloren. Es war alles nur ein Spiel.

15.

Ist es besser, viele Freunde zu haben – oder echte? (Alexa)

Beim Hausaufgabenmachen saß ich öfter mal selbstvergessen in meinem Zimmer am Schreibtisch und kritzelte auf ein Blatt Papier, wie viele Freunde ich eigentlich so habe. Dabei ging es allerdings weniger darum, mit wem ich mich besonders gut unterhalten konnte oder wer besonders witzig war, wer mich verstand, wen ich verstand, sondern einfach nur darum: wer mich anrief und fragte, ob wir uns treffen wollten. Natürlich variierte die Zahl meiner aufgelisteten Freunde von Tag zu Tag – je nachdem, wer gerade alles Interesse bekundete. Manchmal waren es zehn Leute – manchmal aber auch nur drei oder sogar gar keiner! Was mich extrem frustrierte und wodurch ich mich entsprechend mickrig fühlte. Mit der Anzahl meiner »Freunde« stieg oder fiel definitiv mein Selbstwertgefühl. Hinter meiner vordergründigen Fröhlichkeit versteckte sich die quälende Unsicherheit, ob ich auch wirklich liebenswert war.

Ich hatte entsetzliche Angst, dass mich jemand blöd finden könnte, schlecht über mich redete und die ganze Welt erfuhr, wie peinlich ich eigentlich war.

Meine Freundin Annika zum Beispiel verunsicherte mich alle paar Wochen. Wenn wir verabredet waren, erschien sie plötzlich nicht am Treffpunkt. Sie rief nicht an, meldete sich auch die Tage danach nicht. Ich war wie gelähmt, weil ich ihr Verhalten direkt auf mich bezog. Sofort zweifelte ich an mir und unserer Freundschaft. Ich dachte: »Ich bin unwürdig! Jetzt ist alles aus!« Gleichzeitig kam mir Annika so ungeheuer mächtig vor, weil sie in unserer Freundschaft offenbar bestimmte, wo es langging. Und gerade meldete sie sich nicht. Das konnte nur mit mir zu tun haben!

Zum Ersatz ernannte ich kurzerhand Mimi aus meinem Englisch-LK zu meiner neuen besten Freundin, weil wir nach der Schule zufällig zusammen im Bus nach Hause fuhren und ein paar Witze über unseren x-beinigen Englischlehrer rissen.

Ich wollte um keinen Preis ein Außenseiter sein, jemand, der nicht in die »Gesellschaft« passte. Vor den anderen wollte ich dringend so wirken, als sei ich der Mittelpunkt des Universums. Dafür brauchte ich eben genügend Leute, die um mich kreisten und mich bewunderten. Sie waren die Kulisse für meine Beliebtheit. Oberflächlich mochte ich sie alle gern. Aber mit manchen war es langweilig. Oder schräg. Teilweise wussten wir gar nicht, was wir miteinander reden sollten. Im Grunde genommen war klar, dass wir nur gemeinsam Zeit verbrachten, um uns und der Außenwelt zu suggerieren, dass wir akzeptiert und bei allen wichtigen Events dabei waren.

Viel später habe ich von Annika erfahren, dass sie an den Tagen, an denen sie plötzlich nicht auftauchte, immer so mies drauf war, dass sie mir ihre Schwäche nicht hatte zeigen wollen. Denn: Sie hielt mich für stark und unerschütterlich, was sie wiederum einschüchterte und sie noch mickriger fühlen ließ. Während ich ja wiederum fest davon ausging, aufgrund ihrer Stärke fände sie mich derart indiskutabel, dass sie mich endlich los sein wollte.

Meine besten Freundinnen und ich sind durch die seltsamsten Phasen gegangen, in denen wir uns fremd waren, uns gegenseitig nicht meldeten und uns komisch fanden. Aber irgendetwas in uns hielt uns immer zusammen. Etwas Einmaliges, Fragloses. An diesen Freundschaften konnte ich über all die Jahre sehen, wie verschieden wir Menschen sind, dass jeder Ängste hat und man sich manchmal mehr und manchmal weniger braucht. Dass man sich gegenseitig peinlich oder auch unreif findet. Dass man Fehler macht und daraus lernt. Dass man sich dem anderen gegenüber ab und zu verständnislos oder auch arrogant verhält. Dass man sich kurz darauf aber auch alles wieder erzählen kann und neu zueinanderfindet. Weil man sich kennt und liebt und ein unsichtbares Band einen miteinander verbindet. Genau dieses Verständnis füreinander ist das Schöne an einer echten Freundschaft. Die sich aus all den Bekanntschaften nach und nach herauskristallisiert. Es sind jene besonderen Freundschaften, die nicht zur Bestätigung auf ein weißes Blatt Papier gekritzelt werden müssen, weil man die Verbundenheit sowieso in sich trägt und irgendwann fühlt, dass es für immer so bleiben wird – auch, wenn man sich später im Leben nicht mehr ganz so oft sieht oder sogar in unterschiedlichen Städten wohnt und verschiedene Leben führt.

Gleichzeitig entwickeln wir uns ständig weiter, haben neue Einsichten und werden auf diese Weise immer sicherer mit uns selbst. Dann hört sogar irgendwann die Unsicherheit auf, ob wir beliebt sind oder nicht. Weil wir uns selbst mögen.

16.

Was ist das Tolle an Jungsfreundschaften? (Marcus)

Ich war zehn oder elf Jahre alt, als Wito und ich mit unseren Fahrrädern an den Blauen See fuhren. Der Blaue See war eigentlich kein See, nur eine stillgelegte Kiesgrube, die sich mit Wasser gefüllt hatte und wie ein tiefes, dunkles Loch in der Landschaft lag. In Wahrheit war er noch nicht einmal blau. Wenn wir mit unseren Eltern baden gingen, fuhren wir an einen Badesee mit Strand. Aber an dem Tag waren keine Eltern dabei. Nur Wito und ich, wir kannten uns seit dem Kindergarten. Er war mein erster bester Freund.

Als wir am Blauen See ankamen, sahen wir, dass dort schon ein paar Jungen aus dem Nachbardorf waren. Einer von ihnen war auf den Baum geklettert, der an der Kante zur Kiesgrube stand, und befestigte eine Affenschaukel. Er saß auf dem Ast, der am weitesten auf den See hinausragte, und knotete das Seil fest, während die anderen unten den Autoreifen hochhielten. Ein paar Minuten später prügelten sie sich fast darum, wer zuerst schaukeln durfte. Der Junge, der auf dem Baum gewesen war, gewann.

Er stellte sich in den Reifen, und die anderen zogen ihn so weit vom Baum weg, wie sie nur konnten. Dann ließen sie los. Die Schaukel nahm sofort Fahrt auf, schrammte haarscharf am Stamm vorbei und pendelte weit auf den See hinaus, wo sich der Junge abstieß und – ich hatte das Gefühl, er sei ewig in der Luft unterwegs – ins Wasser tauchte.

Wito und ich standen da. Als wir auf eigene Faust losgezogen waren, um baden zu gehen, hatten wir uns abenteuerlich gefühlt. Jetzt kam mir das irgendwie lächerlich vor. Es war ausgeschlossen, dass wir hier planschten und taten, als sei das auch nur im Ansatz so spannend wie das, was die Jungs mit der Affenschaukel veranstalteten. Entweder wir zogen wieder ab, was mir das Liebste gewesen wäre. Oder wir gingen hin, fragten, ob wir mitmachen dürfen, und setzten uns dem Risiko aus, dass sie uns abblitzen ließen. Außerdem war ich mir nicht sicher, ob es eine gute Idee war, an diesem Reifen über den See zu schwingen. Der Stunt, den der Junge da eben gemacht hatte, hatte mich doch enorm beeindruckt.

In dem Moment kam der Junge aus dem Wasser. Er rief uns freundlich zu und auch die anderen Jungs schienen ganz nett zu sein. Wito und ich sahen uns an. Jetzt war es zu spät zum Kneifen.

Kurz darauf nahm Wito den Reifen. Die Jungs gaben ihm Schwung, er pendelte auf den See hinaus und sprang ins Wasser. Es sah ziemlich gut aus. Aber Wito war immer schon gut in Mutproben. Ich konnte schneller rennen und besser klettern, ich spielte besser Tischtennis, und wenn wir bei mir im Garten auf dem Gras kämpften, blieb ich oft Sieger. Aber er war der Mutigere von uns beiden.

Als er aus dem Wasser zurückkam, war ich dran. Ich stieg in den Reifen, die Jungs gaben mir Schwung, einer schob mich sogar bis zur Kante des Steilhangs an, aber als der Reifen so weit auf den See hinausgependelt war, dass ich hätte springen müssen, traute ich mich nicht. Ich pendelte ans Ufer zurück, wo die Jungs mich noch einmal anschoben, aber auch diesmal traute ich mich nicht. Schließlich stieg ich ab. Kurz darauf nahmen Wito und ich unsere Fahrräder und gingen heim. Wir haben über die ganze Sache kein einziges Wort verloren. Das mussten wir auch nicht.

Ich wusste, dass er gern noch bei den Jungs geblieben wäre und nur meinetwegen mitgekommen war. Natürlich schämte ich mich, dass ich auf der Schaukel so versagt hatte. Die Scham war so groß, dass ich, als wir nebeneinander herliefen, von ihr noch immer fast zerquetscht wurde. Aber damit klarzukommen, war meine Angelegenheit, dabei konnte mir keiner helfen, und ich war dankbar, dass Wito es erst gar nicht versuchte. Das hätte alles nur noch schlimmer gemacht.

Als Junge kann es dir immer und überall passieren, dass du in eine Mutprobe gerätst, und egal, ob du Angst hast – wenn das Schicksal dich ausgewählt hat, kannst du dich nicht drücken. Jeder Junge weiß das. Und wie es sich anfühlt, zu versagen, weiß auch jeder. Diese Dinge passieren.

Du hoffst, dass es dich nicht trifft, damit dich nicht all diese Fragen quälen.

Habe ich es drauf?

Oder bin ich ein Feigling?

Was werden die anderen von mir denken?

Aber wenn es dich trifft und du vor aller Augen versagst, musst du eben lernen, es irgendwie zu überleben.

Aus einem fröhlichen Ausflug war ein ganz furchtbarer Nachmittag für mich geworden, und der Einzige, der mich jetzt, als ich so geschlagen nach Hause lief, noch in der Welt hielt, war mein bester Freund Wito. Ich spürte, dass er wusste, wie es mir geht, ich spürte es dadurch, dass er nichts sagte, und das machte mich glücklich.

17.

Meine beste Freundin spricht nicht mehr mit mir – sagt mir aber nicht, warum. (Alexa)

Ab der siebten Klasse ging ich in den Mädchenchor. Gemeinsam mit hundertzwanzig anderen Mädchen. In den Sommerferien fuhren wir für zehn Tage auf Chorfreizeit in ein Kloster, wo wir für Konzerte übten, unsere Stimmen ausbildeten und draußen in den Klostergärten den Sommer genossen. Diese Singfreizeiten waren sehr beliebt. Erstens, weil natürlich viel gesungen wurde, und zweitens, weil es ziemlich witzig war, mit so vielen Mädchen auf einem Haufen Zeit zu verbringen.

Meist teilten wir uns zu dritt oder zu viert ein Zimmer. Und abends gab es immer richtige Gelage. Zehn bis zwölf Mädchen saßen dicht gedrängt auf den Betten und wir erzählten uns alles Mögliche. Angefangen bei Jungsgeschichten, Liebeskummer, über unsere Eltern, Geschwister, unsere Kindheit, schlimmste Erlebnisse, witzige Anekdoten,

Schule, Esstörungen, Neurosen und Zukunftsfantasien. Es ging darum, wer welche Probleme hatte, es wurde geweint und gelacht und auch diskutiert.

An einem der letzten Abende, es war noch sehr heiß draußen, saß ich mit ein paar meiner Chormädels und meiner Freundin Tessi draußen im Schneidersitz auf der Wiese, und wir sahen zu, wie die Sonne leuchtend rot hinter den Feldern am Horizont unterging. Ich weiß nicht mehr genau, wie das Thema darauf kam, aber plötzlich unterhielten wir uns über politisch korrekten Kleiderkonsum. Da ich aus einer umweltbewussten Familie kam, in der es immer hieß: »Qualität statt Quantität« – war ich natürlich dafür, dass man sich eher hochwertige statt billige Kleidung kaufte, um die Ressourcen zu schonen. Tessi, die dafür bekannt war, ausschließlich Markenklamotten zu tragen, war plötzlich dafür, sich billige Klamotten zu kaufen.

Genau wie mein Vater sagte ich: »Es ist besser, teure Kleider zu kaufen, die dafür lange halten und nicht die Arbeiter in Dritte-Welt-Ländern ausbeuten.« Und Tessi tippte sich an die Stirn: »Du bist so ein Snob! Das kann sich doch gar nicht jeder leisten!« Es ging hin und her und ganz genau erinnere ich das Gespräch leider nicht mehr. Jedenfalls passierte das, was mir in meinem ganzen Leben noch nie mit einer Freundin passiert war: Wir stritten uns. Tessi wurde immer wütender auf mich, weil ich partout nicht davon abrücken wollte, dass teure Klamotten besser seien als billige. Je wütender Tessi auf mich wurde, desto verbohrter wurde ich und verstand nicht, wie Tessi eine Meinung vertreten konnte, nach der sie selbst gar nicht handelte! Im Grunde stritten wir gar nicht über die Sache, sondern darüber, wer recht hatte. Total bekloppt. Aber der richtige Ärger kam erst im Nachhinein.

Nachdem das Gespräch zu Ende war, regte ich mich vor meinen Zimmergenossinnen noch ein bisschen über Tessi auf, vergaß dann aber die ganze Geschichte. Tessi allerdings nicht. Nach diesem Abend redete sie nie wieder mit mir. Sie grüßte mich nicht mal mehr.

Die letzten Tage der Chorfreizeit waren sehr eigenartig, weil Tessi direkt neben mir im Chor stand und konsequent so tat, als sei ich Luft. Ich sprach sie an, aber sie guckte entschlossen und kalt an mir vorbei. Es tat ziemlich weh, so ignoriert zu werden. In den kleinen Pausen und beim Essen im Speisesaal fragte ich sie immer wieder: »Wollen wir uns nicht wieder vertragen?«

Sie blickte einfach durch mich hindurch.

Als wir von der Chorfreizeit zurück waren, machte sie bei den Chorproben genauso weiter. Es war entsetzlich. Zu Hause bastelte ich ihr Postkarten, entschuldigte mich für mein Verhalten, bat darum, dass sie mir endlich sagte, was los war. Ich wollte wissen, womit ich Tessi so sehr verletzt hatte. Aber sie ignorierte mich. Irgendwann hielt ich es nicht mehr aus und verließ den Chor. Bis heute weiß ich nicht, was Tessi so geärgert hatte, dass sie nicht mehr mit mir sprechen konnte.

Eine Sache hat Tessi aber erreicht – dass ich über Wochen in dieser Streit-Situation festhing und mich immer wieder fragte, was ich falsch gemacht hatte. Ihre Strafe war: mich nicht aus dieser ungeklärten Geschichte zu entlassen. Immer wieder spielte ich sie in meinem Kopf durch, in der Hoffnung, endlich selbst eine Antwort zu finden.

Ich habe die Antwort nicht gefunden. Dafür waren in meinem Leben noch ein paar weitere Menschen wütend auf mich, die mir ebenfalls nicht verraten haben, was sie an meinem Verhalten verärgert hatte. Das Quälendste war, in diesen unangenehmen Situationen gefangen gehalten zu werden, anstatt sie mit Tessi oder den anderen Menschen klären zu können. Dabei kann ich nur etwas an meinem Verhalten ändern, wenn mir gesagt wird, was an meinem Verhalten unangenehm ist. Ansonsten kann ich nur mutmaßen und komme eventuell auf falsche Antworten. Daraus habe ich für mich gelernt: zu akzeptieren, dass es Menschen gibt, die nicht sprechen wollen. Auch nach mehrfachem Bitten. Aber dass ich die Möglichkeit habe, mich schließlich selbst aus der Situation zu befreien, in dem ich mir sage: »Wenn der andere mir nicht vergeben kann, vergebe ich mir selbst.«

18.

Ich kann nicht über meinen Schatten springen. (Marcus)

In den Sommerferien nach der zehnten Klasse fuhren meine Freunde und ich an einen See, in dessen Mitte eine kleine Insel lag, auf der man übernachten konnte. Die Idee, dort zu zelten, hatten wir gemeinsam, aber ich war es, der sich danach um alles kümmerte. Das war meistens so. Aber damit hatte ich kein Problem. So wurde wenigstens alles genau so, wie ich es mir für meine Freunde und mich ausgedacht hatte: perfekt.

Etwas perfekt zu machen, war sozusagen mein Markenzeichen. Dafür war ich bekannt, oder wenigstens wollte ich dafür bekannt sein. Keine halben Sachen, keine Stümpereien, keine Pläne, die am Ende nicht aufgingen. Das konnten andere Menschen machen, damit konnten sich andere zufriedengeben. Wenn ich einen Zeltausflug plante, dann einen, der sich gewaschen hatte, ein unvergessliches Erlebnis. Drunter machte ich es nicht.

Als Jan, Holger, Tom und ich auf der Insel ankamen – wir hatten unsere Zelte und das Essen in wasserdichte Beutel gepackt und waren rübergeschwommen –, lief die Sache allerdings ziemlich schnell aus dem Ruder. Jan wollte wieder ins Wasser und baden. Ich hätte eigentlich lieber die Zelte aufgebaut, bevor es dunkel wurde. Als wir mit Baden fertig waren, wollte Holger grillen. Ich meinte, wir sollten doch besser erst einmal Holz für die Nacht sammeln, und kam mir dabei schon vor wie meine eigene Mutter. Trotzdem grillten und aßen wir erst einmal. Als ich die anderen dann endlich so weit hatte, dass wir die Zelte aufbauen, entdeckte Tom, dass am gegenüberliegenden Ufer vier Mädchen badeten, und wollte sofort rüberschwimmen. Da reichte es mir.

»Warum ausgerechnet jetzt?«, fragte ich sauer.

»Wieso denn nicht?«, fragte Tom.

»Weil wir jetzt Zelte aufbauen«, sagte ich.

»Wer sagt das?«

»Ich.«

Da meinte Tom: »Jetzt mach dich mal locker, Mann!«

Ich dachte, ich höre nicht richtig.

Wer hatte denn die ganze Zeit Pläne geändert, weil alle anderen ständig Sachen machen wollten, die gerade gar nicht dran waren? Wer hatte denn den Ausflug organisiert, damit alle anderen herumspringen konnten, wie sie wollten? Locker? Gern – wenn ich nicht dauernd alles im Blick behalten musste! Außer mir tat das hier ja niemand.

Was war das überhaupt für eine Riesenungerechtigkeit!

Ich war auf einmal wahnsinnig aufgebracht, aber weil

ich stolz war, wollte ich es nicht zeigen und kochte nur vor mich hin.

Mir fiel es immer schon schwer, mich nicht aufzuregen, wenn mich jemand für etwas kritisierte, das ich gemacht hatte. Aber wenn mich jemand dafür angriff, wie ich angeblich war, war ich manchmal so getroffen, dass ich nicht wusste, wie ich mich verhalten oder was ich sagen sollte.

Tom hatte ja nicht behauptet, dass eins plus eins drei ist oder München am Meer liegt. Dann hätte ich einen Taschenrechner oder einen Atlas rausholen können, und die Sache wäre sozusagen von offizieller Seite erledigt gewesen – weil jeder sehen konnte, dass es einfach faktisch nicht stimmte.

Aber »Du bist nicht locker« war eine Meinung, so wie »Du bist nicht witzig« oder »Du bist geizig« oder »Du bist langweilig«. Man kann zwar versuchen, den anderen zu beweisen, dass sie mit ihrer Meinung falschliegen und man in Wahrheit ganz anders ist, als sie einen sehen, aber wenn sie sich nicht überzeugen lassen wollen, kann man nichts machen, sosehr man sich bemüht oder darüber aufregt. Es gab kaum etwas, das mich so wütend machen konnte, und jeder, der schon einmal von seinen Lehrern, seinen Eltern, seinen Freunden oder Geschwistern als etwas bezeichnet wurde, was er nicht ist, weiß, wovon ich rede.

Die Meinung, die andere Menschen von uns haben, kann wie ein Gefängnis sein, aus dem man nicht ausbrechen kann. Solange sie so über einen reden oder denken und einen damit bewerten, steckt man darin fest und kommt nicht raus. Das ist eigentlich schon Freiheitsberaubung, denn man fühlt sich unter diesem Blick ja tatsächlich nicht mehr frei. Entweder gibt man sich Mühe, sie vom Gegenteil zu überzeugen, oder man gibt sich Mühe, dass sie einem egal sind. In jedem Fall reagiert man auf sie.

Was sollte ich denn sagen? Dass ich doch locker war? Klang das nicht total peinlich? Und was, wenn es stimmte? Vielleicht war ich ja wirklich nicht locker? Vielleicht dachten das Jan und Holger auch, und nur Tom hatte sich getraut, es auszusprechen? Wer wollte schon mit jemandem befreundet sein, der nicht locker war?

Als Tom, Jan und Holger aufstanden, um zu den Mädchen zu schwimmen, blieb ich sitzen. Ich kochte immer noch vor Wut, und als mir klar wurde, dass ich mich damit ganz genau wie jemand verhielt, der nicht locker war, und Tom also recht gab, kochte ich noch mehr. Erst als er fragte, was denn los sei, merkte ich, dass er gar nicht mehr darüber nachdachte, was er zu mir gesagt hatte – nur ich dachte immer noch darüber nach.

Womöglich war es ja alles ganz anders.

Womöglich hatte ich mich selbst im Verdacht, nicht locker zu sein, und hatte die ganze Zeit Angst, meine Freunde könnten es merken. Oder fürchtete, sie hätten es schon gemerkt, wollten es mir aber nicht sagen. Womöglich war in diesem Fall mein eigener Blick auf mich das Gefängnis und nicht der Blick der anderen auf mich. Dabei war eigentlich gar nichts passiert.

Ich hatte jetzt zwei Möglichkeiten: Entweder ich war weiter eingeschnappt und blieb auf der Insel. Aber dann war die Stimmung so im Eimer, dass ich genauso gut auch wieder nach Hause hätte fahren können.

Oder ich sprang über meinen Schatten – und ins Wasser.

Als ich kurz darauf mit meinen Freunden durch den See pflügte, immer auf die Mädchen zu, die am anderen Ufer zwischen den Bäumen badeten, da war ich so froh darüber, jetzt hier zu sein, dass ich aufhörte, mich zu fragen, ob alles gut genug war, was ich gemacht hatte, ob ich dafür bewundert wurde oder jemanden enttäuscht hatte. Dieses ganze anstrengende »Wie bin ich?« und »Wie sehen mich die anderen?« und »Wie denke ich, dass die anderen mich sehen?« löste sich einfach im Wasser des Sees auf, mit jedem kräftigen Zug, den ich auf das andere Ufer zuschwamm.

Es war perfekt – ganz ohne, dass ich es geplant und organisiert getan hatte.

FAMILIE

19.

Hallo? Ist da jemand? Meine Eltern sind Automaten und hören mir nicht zu. (Alexa)

Ich muss gleich mal festhalten: Meine Mutter war für mich immer die beste Gesprächspartnerin der Welt. Mir kam es vor, als hätte sie auf alles eine Antwort. Als hätte sie das Menschsein total durchdrungen. Als sei sie mindestens so wissend wie Gott. Allerdings traf das vor allen Dingen auf die Momente zu, in denen wir in meinem Zimmer auf dem Bett saßen und meine Mutter nicht von irgendetwas abgelenkt war.

Außerhalb von meinem Zimmer brachte mich die Kommunikation mit meiner Mutter geradezu an den Rand des Wahnsinns. Ständig sagte sie die immer gleichen Sätze: »Zieh dir Socken an.« Oder: »Wasch dir die Hände.« »Komm bitte essen.« Es gab Tausende von diesen Sätzen. »Hast du schon deine Hausaufgaben gemacht?« Oder: »Räum bitte dein Zimmer auf.« Mir kam das Ganze etwas zwanghaft vor, so, als ob irgendein Hebel in meiner Mutter umgeschaltet wurde, sobald sie mich im Flur oder in der Küche sichtete. Gleichzeitig reagierte sie überhaupt nicht mehr auf meine Antworten. Besonders wenn ich sie etwas fragte oder irgendwas Weltbewegendes erzählte, sagte sie immer nur: »Hmhm.« Als sei sie gar nicht anwesend – sondern nur ihre Hülle. Sie hat das Essen gekocht, die Einkäufe ausgeräumt, den Tisch gedeckt, die Wäsche gebügelt und immer nur »Hmhm« gesagt.

Ich glaube, meine Mutter arbeitete in ihrem Kopf die ganze Zeit Pläne aus, was als Nächstes zu tun war. Oder sie machte sich Sorgen. Was aus mir wird. Was aus meinen Geschwistern wird. Was es am Abend zu essen geben soll. Ich dachte: »So ferngesteuert will ich niemals werden.«

Inzwischen bin ich selbst Mutter und vermutlich auch oft ein Automat. In meinem Kopf sortiere, organisiere und überlege ich ununterbrochen, was heute wieder zu tun ist. Damit alle ihre saubere Wäsche haben. Damit genügend Essen im Kühlschrank ist. Damit Zahnpasta da ist. Damit das Schulbrot gemacht ist. Niemand zu spät kommt. Und wenn meine Kinder mir etwas erzählen, sage ich – genau wie meine Mutter: »Hmhm.« Ich lächle freundlich, und gleichzeitig denke ich: »Nicht vergessen! Noch ein paar Gurkenscheiben in die Brotbox!« Ich kriege den Moment, das Leben, das gerade direkt vor meinen Augen passiert, gar nicht mehr so richtig mit. Ich bin regelrecht in meinen Gedanken gefangen. Da hilft es mir, wenn meine Kinder zu mir sagen: »Mama, bitte hör mal kurz zu.«

Dann muss ich die Organisation in meinem Kopf endlich

mal zur Seite schieben, um wieder voll da zu sein. Bei meinen Kindern. In meinem Leben. Bei ihren Erzählungen. Ihren Nöten und Gefühlen. In diesem kostbaren Augenblick. Aber ohne die Hilfe meiner Kinder geht es manchmal nicht. Im Umkehrschluss werden meine Kinder auch zu Automaten, wenn sie in ihren Smartphones versinken und ich gerne mit ihnen plaudern würde. Dann sage ich total empört: »Hallo! Ist jemand zu Hause?!«

20.

Wie soll ich meinen eigenen Weg finden, ohne meine Eltern zu enttäuschen? (Marcus)

Jeder, der schon einmal seine Eltern enttäuscht hat, weiß, was für unangenehme Gefühle das in einem auslöst. Ihre betroffenen Gesichter, als würde gleich die Welt untergehen. Ihr Unterton in der Stimme, als müssten sie nun alle Hoffnungen gehen lassen, die sie in einen gesetzt haben. Dieses Ganze »Das hätte ich nicht von dir gedacht!«, das einem das Herz in einen Schraubstock spannt. Es kann einen kirre machen.

Als Kind habe ich darauf mit Wut reagiert.

Zum einen, weil ich sowieso schon fast alles so machte, wie meine Eltern es wollten. Zum anderen, weil ich ein paar Sachen zur Abwechslung auch mal anders machen wollte.

Ich rede hier nicht von Sachen wie Hände waschen, Schuhe ausziehen, Zimmer aufräumen, Fernseher ausschalten oder Hausaufgaben machen. Das fiel für mich unter

Erziehung, und wenn man jünger ist, kann man sich der sowieso kaum entziehen. Ich rede von Sachen, die auftauchen, wenn die Erziehung so gut wie abgeschlossen ist und die Eltern einen nicht mehr davon abhalten können, Dinge anders zu machen – außer enttäuscht darauf zu reagieren.

Mein Eltern sagten dann oft müde: »Mach, was du willst.«

Als ich zum Beispiel das Geld aus meinem Ferienjob unbedingt in eine Spiegelreflexkamera anlegen wollte, obwohl ich noch nie fotografiert hatte.

Als ich zu meinem Abschlussball unbedingt ein Stirnband zum Sakko tragen wollte, obwohl man zum Sakko angeblich kein Stirnband trägt.

Als ich mich mit einem Mädchen traf, das ihrer Meinung nach zu hübsch für mich war. Womit sie meinten, dass sie mich irgendwann betrügen wird.

Am Ende hieß es immer: »Mach, was du willst.«

Aber wenn ich dann machte, was ich wollte, waren sie natürlich auch nicht zufrieden.

Einmal redeten meine Eltern und ich darüber, welcher Beruf zu mir passt. Wir wohnten in einer Gegend, die von lauter Braunkohlegruben durchzogen war. Tagebaue, die sich wie Brandlöcher in die Landschaft fraßen, ganze Wälder, Straßen und Dörfer verschwanden darin. Wo so ein Tagebau aufgeschlossen wurde und in welche Richtung er sich bewegte, wurde von Landvermessern festgelegt, sogenannten Markscheidern. Ein Markscheider arbeitete in der freien Natur und musste sich mit Mathematik auskennen.

»Das ist doch vielleicht was für dich«, sagte meine Mutter.

Aber erstens wollte ich nicht ausrechnen, welches Dorf

als Nächstes verschwand, zweitens interessierte ich mich nicht für Mathe, auch wenn ich darin gut war, und drittens wollte ich nach der Schule weg, in die Welt hinaus, und keine Stelle in der Gegend annehmen.

Markscheider – allein schon der Name!

In der anschließenden Diskussion erklärten mir meine Eltern, dass Markscheider ein sicherer und gut bezahlter Job sei, beides nicht unwichtig, wenn man später eine Familie ernähren will. Ich fragte mich, was das für ein Leben sein soll, in dem meine Frau besser nicht zu hübsch für mich war und mein Job vor allem sicher sein musste. Gab es überhaupt irgendetwas, das ich nicht vernünftig angehen sollte? Wo blieb da der Spaß?

Auf der einen Seite fühlte ich mich dem, was sich meine Eltern für meine Zukunft wünschten, verpflichtet. Auf der anderen Seite legte es sich mir wie ein eiserner Ring um die Brust. Mein Leben hatte doch gerade erst angefangen. Wie konnte es sein, dass meine Eltern redeten, als sei alles schon entschieden? Gleichzeitig hatte ich Angst, sie könnten damit recht haben. Vielleicht überschätze ich mich. War es dumm, wenn ich nicht auf Nummer sicher ging und stattdessen mehr Risiko für mein zukünftiges Leben wollte?

Einige Zeit darauf gab es in unserer Gegend eine Wirtschaftskrise. Fast alle Tagebaue mussten schließen, Markscheider wurden nicht mehr gebraucht. Ganz ohne dass ich etwas dafür getan hatte, war ich vom Wunsch meiner Eltern befreit worden. Meistens muss man als Kind für so etwas kämpfen. Hier hatte ich Glück. Es passierte von ganz allein.

Als meine Eltern und ich einige Jahre später noch einmal über diese Markscheider-Geschichte sprachen, behaupteten sie erst, dass sie das als Witz gemeint hätten. Aber dann hatten wir doch ein ernsthaftes Gespräch, und ich habe etwas verstanden: Sie hatten im Leben Erfahrungen gemacht und gesehen, was für sie funktioniert und was nicht, und natürlich wollten sie diese Erfahrungen an mich weitergeben. Sie dachten, was bei ihnen funktioniert hat, wird auch bei mir funktionieren, und alles andere wird womöglich schiefgehen.

Man muss nicht alles schlecht finden, was einem die eigenen Eltern sagen, aber auch nicht alles gut. Man muss herausfinden, was für einen passt. Das kann anstrengend sein und dauern. Aber das ist normal. Es bedeutet nichts anderes, als erwachsen zu werden. Das kann einem niemand abnehmen.

Genauso normal ist es, dass Eltern enttäuscht reagieren, wenn man anfängt, seinen eigenen Weg zu gehen. Sie haben ihre Überzeugungen und ihr Leben scheint ihnen recht zu geben. Trotzdem sind es erst einmal nur ihre Überzeugungen. Sie können eine Hilfe sein, aber sie sind kein Gesetz, das für alle gilt. Das zu lernen, kann für Eltern hart sein, weil Eltern ihre Kinder immer beschützen wollen, egal, wie erwachsen sie sind.

Es kann passieren, dass Kinder und Eltern in diesen Phasen eine schwere Zeit miteinander haben, dass sie wegen Kleinigkeiten dauernd in Streit geraten, einander missverstehen, sich fremd werden. Das ist für keinen von beiden schön, aber auch das ist nicht unnormal. Es braucht eine

Weile, bis das Vertrauen gewachsen ist, dass es an der Liebe zueinander nichts ändert, wenn Kinder die Dinge anders angehen wollen als ihre Eltern. Aber dann wird es wieder gut. Dann begegnet man sich auf einer neuen Ebene.

21.

Ich bin ja nicht blöd: Meine Eltern passen dauernd auf mich auf und warnen mich vor Gefahren. Nur weil ich ein bisschen jünger bin als sie, habe ich doch mein Leben nicht weniger im Griff – oder? (Alexa)

Meine große Schwester war früher nicht zu stoppen. Sie hat gemacht, was sie wollte – weil sie sich für unverwundbar hielt. Nie wussten wir, wo sie war. Sobald es draußen dunkel wurde, kriegte meine Mutter das Zittern und ich einen Geldschein. Denn: Ich hatte die glorreiche Aufgabe, bei allen Freundinnen meiner Schwester durchzuklingeln, um höflich zu erfragen, ob meine Schwester zufällig bei ihnen sei? Meistens war sie es nicht, weswegen ich weiter herumtelefonieren musste. Meiner Mutter war das Ganze natürlich irre peinlich – bei uns riefen nie besorgte Mütter an und fragten nach ihren Töchtern. Offenbar waren die alle pünktlich zu Hause oder aber ihre Mütter machten sich keine Sorgen und waren total entspannt. Ich vermute aber, Ersteres war der Fall.

Häufig musste meine arme Mama dann irgendwann mit dem Rad los, um meine Schwester von der Party abzuholen, von der ich inzwischen wusste, dass sie dort war. Damit meine Schwester nicht alleine nachts durch die Flussauen fuhr. Meine Mutter tat mir leid, dass sie ständig hinter meiner Schwester herjagen musste. Das wollte ich ihr nicht auch noch antun und versuchte, richtig vernünftig zu sein. Natürlich fand meine Mutter noch genügend Gründe, sich ebenfalls schreckliche Sorgen um mich und meine Nieren zu machen, wenn mein T-Shirt zu kurz war. Oder dass ich genug aß und meine Hausaufgaben machte. Ob ich den Herd abgestellt oder das Licht ausgeknipst hatte. Lauter Zeug, das ich natürlich alles selbstverständlich machte.

Ich war ja nicht blöd! Sogar, als meine Eltern am Wochenende einmal weg waren und ich kurzerhand eine winzige Party mit zwanzig Leuten bei uns schmiss, behielt ich den Überblick. Nachdem sich alle Mann bei uns in Partystimmung gebracht hatten, sind wir gesammelt los, zu einer anderen Party.

Ich war total darauf trainiert, darauf zu achten, dass nichts brannte, weswegen ich von unterwegs aus alle zehn Minuten bei uns zu Hause durchrief. Auf diese Weise wollte ich überprüfen, ob unser Telefon noch klingelte oder ob es bereits abgebrannt war – wegen einer nicht ausgepusteten Kerze oder glimmenden Zigarette zwischen den Sofakissen.

Ich war wirklich vernünftig. Ich fand, meine Mutter hätte mir ruhig vertrauen können, anstatt mich ständig wie ein Kleinkind an totale Selbstverständlichkeiten zu erinnern. Zum Beispiel: »Nie zu jemandem ins Auto steigen, der getrunken hat.«

Das hätte ich niemals gemacht. Stand ja auf der No-Go-Liste! Genau wie: »Nicht auf Dächer steigen!« Oder: »Nie über eine rote Ampel gehen!« Aber: Meine Mutter hatte nicht gesagt, dass ich mich mit meinen beiden besten Freundinnen auf keinen Fall von einem vollkommen fremden Mann in seinem Haus auf dem Land in Unterwäsche fotografieren lassen darf! Eines schönen Nachmittages stiegen wir einfach zu ihm ins Auto. Er hatte schließlich gesagt: »Ich bin Fotograf. Braucht ihr Modelfotos?« Wir dachten: »Oh klasse! Ja! Was soll schon passieren? Wir sind zu dritt!« Der Typ ist mit uns immer weiter aus der Stadt raus und über die Dörfer gefahren, bis zu so einem alten, verwitterten Haus. In einem winzigen Zimmer mit vergilbter Blumentapete sollten wir uns umziehen und uns sexy schminken. Es war echt spooky! Und mit einem Mal bekamen Sophia, Annika und ich richtig Panik und wollten nur noch nach Hause!

Noch heute frage ich mich, wie man einerseits so supervernünftig sein kann, andererseits so total bekloppt? Wie kann man hellwach die falschesten Entscheidungen treffen? Schaltet sich unmerklich das Gehirn ab?

Es ist wirklich ein langer Weg, alles im Blick zu behalten. Das wusste meine Mutter wohl schon, als sie versuchte, mich vor allen erdenklichen Gefahren zu beschützen. Nur an diese eine Foto-Model-Gefahr hatte sie nicht gedacht. Es brauchte noch viele schräge bis superschräge Erfahrungen, bis ich mehr und mehr einschätzen konnte, wozu was führt. Im Rückblick kann ich sagen: Meine Schwester und ich hatten – neben meiner Mutter – die besten Schutzengel der Welt.

22.

Warum soll ich überhaupt im Haushalt helfen? (Marcus)

Als ich klein war, hatten wir keinen Geschirrspüler. Jeden Abend nach dem Essen musste unser Geschirr also gespült, abgetrocknet und in den Schrank zurückgeräumt werden. Auch das Besteck. Und die Töpfe. Oder Pfannen. Die Gläser natürlich auch.

Meistens erledigte das mein Vater und ich half dabei. Mein Bruder, der jünger ist als ich, deckte dafür den Tisch.

Am Wochenende putzten mein Bruder und ich die Schuhe der Familie und später wischte ich den Keller. Außerdem machte ich alle vier Wochen den Hühnerstall sauber. Wir wohnten auf einem Bauernhof, wir hatten Tiere und einen großen Garten, da gab es einfach immer etwas zu tun.

Nicht jede der Pflichten, die meine Eltern mir übertragen hatten, übernahm ich gern, zu manchen musste ich mich regelrecht überwinden, vor allem, wenn draußen die Sonne schien oder was im Fernsehen kam, aber wenn ich einmal angefangen hatte, fand ich an den meisten Dingen Gefallen. Mir gefiel es, die geputzten Schuhe unserer Familie am Ende zu einer Reihe aufgestellt zu sehen, und ich mochte es, wenn die Hühner es sich in dem frischen Stroh gemütlich machten, sobald ich mit dem Stall fertig war. Die Ausnahme blieb immer das Geschirrspülen. Geschirrspülen war für mich das Paradebeispiel aller deprimierenden Hausarbeiten, die ich auf mich als Erwachsenen zurollen sah – Wäsche waschen, staubsaugen, Einkäufe einräumen, Müll rausbringen, aufräumen. Dinge, die keinen Spaß machten, aber getan werden mussten, jeden Tag, bis ans Lebensende.

Wie hielten meine Eltern das nur aus?

Solange ich ein kleines Kind war, kam ich nicht auf die Idee, meine Eltern zu fragen, warum ich überhaupt im Haushalt helfen soll. Die Frage stellte sich gar nicht, weil meine Eltern es auch nicht als Frage formulierten. Sie sagten es und ich machte es. Das änderte sich erst, als ich kein kleines Kind mehr war und nicht mehr alles machen wollte, was meine Eltern sagten. Meine Pflichten im Haushalt waren nun Anlass für Diskussionen. Es ging – sowohl meinen Eltern als auch mir – ums Prinzip.

»Wieso soll ich das machen?«, fragte ich, als sei ich auf Streit aus.

»Weil wir dich darum bitten«, antworteten sie.

»Bitten kann man abschlagen.«

»Aber wir tun für dich doch auch Dinge, und zwar jeden Tag.«

»Ihr seid eben die Eltern.«

»Aber wir sind eine Familie.«

So ging das hin und her, bis wir am Ende alle schlechte Laune hatten. Das war zwar nicht unbedingt schön, aber ich war jetzt so alt, dass meine Eltern mich nicht mehr zu Dingen zwingen konnten, die ich nicht wollte, und ich fand gut, dass es so war. Ich fand auch gut, ihnen das zu beweisen.

Ich sah mich jetzt eher als Einzelkämpfer in einer Welt, in der es nur zwei Möglichkeiten gab – Freiheit oder Zwang –, und mich zu nichts zwingen zu lassen, sondern mich stattdessen immer durchzusetzen, das hielt ich für Stärke.

Also spülte ich das Geschirr nicht mehr ab.

Ich wischte auch den Keller nicht mehr.

Und putzte auch keine Schuhe.

Wenn meine Eltern sagten, dass das hier nicht so läuft, stand ich einfach auf und ging in mein Zimmer. Ich ließ mich auf kein Gespräch ein. Sie drohten mir mit Taschengeldentzug und Fernsehverbot, aber ich tat, als würde mich das nicht stören. Irgendwann gaben sie auf. Ich hatte gewonnen.

Es war mein erster großer Sieg als junger Erwachsener.

Es ging zwar nur um Hausarbeit, aber da ich inzwischen alles, womit ich es zu tun bekam, als Frage von Freiheit oder Zwang ansah, konnte ich nicht mehr aufhören zu kämpfen. Es hätte wie eine Niederlage ausgesehen.

Ich kam auf keinen Ausflug mehr mit, blieb in meinem Zimmer, war ständig von allen und allem genervt. Ich wohnte zu Hause, tat aber nichts mehr für die anderen, und wenn jemand etwas für mich tat – meine Mutter wusch immer noch tapfer meine Wäsche –, verhielt ich mich, als hätte ich sie nicht um diesen Gefallen gebeten. Ich wollte ihr nicht dankbar sein.

Wenn ich meinen kleinen Bruder am Wochenende nun allein die Schuhe putzen sah, tat mir das zwar leid, weil ich meinen Bruder sehr mochte und gern etwas mit ihm machte. Aber ich konnte mich einfach nicht überwinden, ihm zu helfen. Im Grunde ist es kein Wunder, dass ich mich damals in meiner eigenen Familie immer fremder fühlte. Aber ich dachte: Dann ist es eben so.

Irgendwann zog ich aus und hatte eine eigene kleine Wohnung, ein Zimmer mit Kochnische und Duschbad. Ich war so froh, dass ich endlich meine Freiheit hatte und nichts mehr machen sollte, was ich nicht wollte.

Etwa einen Monat später musste ich die Wohnung zum ersten Mal dringend putzen. Es ging wirklich nicht mehr anders. Ich nahm Eimer und Staubsauger und nach einer Stunde war der Fall erledigt. Die Arbeit machte nicht besonders viel Spaß, aber es war auch nicht so, dass sie mich umbrachte, und am Ende fühlte ich mich in meinen eigenen vier Wänden endlich wieder wohl.

Was war zu Hause eigentlich mein Problem gewesen?

Es lag nur daran, dass meine Eltern mich zwingen wollten, sagte ich mir. Wenn sie mich in Ruhe gelassen hätten, hätte ich es freiwillig gemacht. Sie hätten mir nicht mit Druck kommen sollen, dann gab es eben Kampf.

Aber wenn ich ehrlich war, wusste ich, dass das nicht stimmte.

Ich hatte aus einer läppischen Sache wie der Hausarbeit einen Machtkampf gemacht. Auf der einen Seite hatte ich gewonnen, aber wenn ich mir ansah, was meiner Familie das an Diskussionen, Streit und schlechter Laune eingebracht hatte, kam ich mir nicht mehr wie ein Gewinner vor.

Trotzdem dauerte es noch Jahre, bis ich aufhören konnte, aus fast allem eine Frage von Sieg oder Niederlage zu machen und mich zum Kampf zu rüsten, wo mich doch einfach nur jemand um etwas gebeten hatte.

23.

Die feste Vorstellung meiner Eltern, wie was zu sein hat. (Alexa)

Grundsätzlich schienen meine Eltern der Auffassung zu sein, dass außer ihnen niemand so richtig den Durchblick hatte. Mal abgesehen von Goethe, Schiller, Mozart und noch ein paar klassischen Größen. Aus ihrer Sicht bestand die Welt mehr oder weniger aus lauter Leuten, die ihr Leben auf keinen Fall so zweifelsfrei führten wie sie. Irgendwie war es ein ganz krasser Impuls bei meinen Eltern. Sobald wir auf Nachbarn, Bekannte oder sogar Verwandte stießen und wir uns wieder verabschiedet hatten, ging es los mit dem Rekapitulieren. Detailliert wurde aufgezählt, was merkwürdig bis kurios an den anderen war: ein Fernseher im Wohnzimmer. Ketchup auf dem Esstisch. Nutella zum Frühstück. Chips und andere Snacks. Plastikspielzeug. Barbiepuppen, keine Tischmanieren und so weiter. Meine Eltern waren ziemlich auf Bio und Umweltschutz eingestellt. Und auf akkurate Umgangsformen. Was ich ja auch alles super fand. Schließlich existierte ich so mit der beruhigenden Gewissheit, dass ich der Welt so wenig Schaden wie möglich zufügte. Außerdem lernte ich von meinen Eltern, wie schön Kunst war. Literatur. Singen und miteinander reden. Wandern und handwerkern. Höflichkeit. Disziplin. Selbstreflexion und Mitgefühl. All diese Werte bekam ich tagtäglich mit auf den Weg. Meine Eltern wollten sichergehen, dass sie nicht versäumten, mir alles Wesentliche für ein erfülltes Leben beizubringen. Abgesehen davor war ihnen aber auch das Überleben unserer einmaligen Familienidentität wichtig.

Im Verhältnis zu den anderen kam ich mir daher auch immer ein bisschen besonders vor. Fast wie eine Außerirdische, weil ich ja auch meist Faltenröckchen statt Jeanshosen trug. Damit war klar: Meine Eltern wussten, wie das formvollendete Leben ging.

Zum Glück war ich das Kind meiner Eltern!

Ich wandelte auf dem rechten Pfad. Ich hatte das große Los gezogen. Im Gegensatz zu allen anderen, die mit weit weniger Perfektionismus, Kunstverständnis, handwerklichem Geschick und Umweltschutz auskommen mussten. Ich rechnete mir meine Chancen in diesem Leben als ziemlich groß aus. Denn: Ich gehörte zu den Gewinnern, die wussten, worauf es ankam.

Erst später wurde mir klar: dass natürlich auch alle anderen aus Familien kamen, in denen klare Vorstellungen herrschten, wie das zweifelsfreie Leben aussah.

Als ich mit meinem neuen Freund Philip bei seinen Eltern am Sonntag zum Mittagessen eingeladen war, bettelte er vor der Haustür: »Bitte sag ihnen nicht, dass ich ein Tattoo habe.«

Denn auch mein neuer Freund kam aus einer ziemlich »guten« Familie, in der riesige Oberarm-Tätowierungen definitiv total verpönt waren. In seiner Familie waren alle sehr wichtige Geschäftsmänner. In Anzügen, mit perfekten Haarschnitten und elegantem Parfüm. Und auch Philip sollte eigentlich BWL studieren und nicht mit einem Mädchen zusammen sein, das sich stark zum bohemischen Lebensstil hingezogen fühlte und Schriftstellerin werden wollte! Seine Eltern hatten ziemlich konservative Grundsätze, was die eigene Familie, die eigenen Kinder und die Welt anbelangte. Darum hatte Philip Sorge, dass es einigermaßen Ärger geben würde, wenn immer offensichtlicher wurde, dass er sich nicht an diese Grundsätze hielt und stattdessen seine eigene Individualität vorantrieb.

Genau wie ich ein schlechtes Gefühl hatte, wenn ich nicht nach den Vorstellungen meiner Eltern handelte. Irgendwie hatte ich dann immer den Eindruck, ich entsage mich unserer Gemeinschaft – was sich richtig schrecklich bis beängstigend anfühlte. So, als sei ich drauf und dran, das falsche Leben zu führen und mich von meinen Eltern so weit zu entfernen, dass es kein Zurück mehr gibt.

Aber als ich merkte, dass Philip, der aus dieser »guten Familie« kam, sich zumindest getraut hatte, sich heimlich tätowieren zu lassen, und mich trotz des Widerstandes seiner BWL-Eltern mit nach Hause nahm, um sich ein bisschen in Unabhängigkeit zu üben, fand ich ihn richtig mutig und erwachsen. Er wollte seine Eltern nicht reizen, er liebte sie wirklich sehr, aber er wollte ihnen auch zeigen, dass er begann, eigene Entscheidungen zu treffen. Nur das mit dem Tattoo wäre zu viel für sie gewesen. An diesem Tag!

Durch Philip verstand ich, dass alle Kinder ab einem gewissen Alter automatisch anfangen, ihre eigenen Wege zu gehen, ausprobieren und selbst herausfinden müssen, was sie für angemessen halten und was nicht. Und ob ihre Eltern eigentlich mit dem, was sie einem beibringen und für wichtig halten, grundsätzlich recht haben oder ihr Weg nur einer von vielen möglichen ist.

Das herauszufinden ist ein ziemlich langer Ablösungsprozess, der teilweise vierzig Jahre dauert. Und danach macht man doch vieles wieder so oder so ähnlich wie die eigenen Eltern und ist ihnen dankbar, wie viel Wichtiges und Schönes sie einem beigebracht haben. Damals bei meinem BWL-Freund nahm ich mir vor, auch mal was Eigenes zu machen, was untypisch für unsere Familie war: Am nächsten Tag kaufte ich mir feierlich ein Glas Nutella.

SEELE

24.

Ich bin so melancholisch – ist das schlimm? (Marcus)

Mit fünfzehn Jahren fiel ich zum ersten Mal in ein schwarzes Loch. Es war kein Loch wie eine Baugrube in der Straße. Ich sah die Gefahr nicht kommen und konnte ihr auch nicht ausweichen. Als ich fiel, stand ich mit meinen beiden Füßen immer noch auf festem Grund.

Trotzdem gab auf einmal der Boden unter mir nach.

Ich erinnere mich nicht mehr genau, warum es passierte, vermutlich war vorher gar nichts Besonderes passiert. Vielleicht hatte mich mein bester Kumpel einfach nur blöd von der Seite angesprochen, vielleicht hatte sich ein Mädchen über mich lustig gemacht, oder ich hatte einen Witz gerissen, den niemand sonst witzig fand. Dinge, die jedem passieren können und jedem auch schon passiert sind. Normalerweise fiel ich deswegen nicht gleich in ein schwarzes Loch.

An diesem Tag schon.

An diesem Tag warf mich eine dieser Kleinigkeiten um. Wieso verhielten sich die anderen plötzlich so? Wieso waren sie auf einmal gemein? Wirkte ich wie einer, den man so behandeln darf? Wo war meine unsichtbare Rüstung hin, die mich sonst schützte? Wer war ich ohne diese Rüstung?

Mit einem Mal kam ich mir vor wie ein kleines, geducktes Tier, das jederzeit von irgendwem erbeutet werden kann, das sich ängstlich in die Büsche schlägt, sich an den Boden drückt und doch nicht verstecken kann. Die Welt war ein furchtbarer Ort und ich war ihm schutzlos ausgeliefert. Ich versuchte mich ganz klein zu machen, so klein, als wolle ich in mir selbst verschwinden.

All die Notwendigkeiten eines ganz normalen Tages – auf Fragen antworten zu sollen, zu einer bestimmten Zeit irgendwo sein zu müssen, die Tatsache, dass ständig jemand etwas von einem will – kosteten mich jetzt wahnsinnig viel Kraft. Gleichzeitig ergab nichts davon genug Sinn, als dass ich mich dafür aufraffen wollte. Sobald ich zu Hause war, tat ich, was ich schon die ganze Zeit tun wollte: Ich legte mich ins Bett.

Ich ließ laut Musik laufen, damit meine Eltern nicht in mein Zimmer kamen. Riefen Freunde an, ob wir was unternehmen, sagte ich unter irgendeinem Vorwand ab. Musste ich wieder in die Schule, war ich dankbar für den Unterricht, weil ich dann meine Ruhe hatte. In den Pausen ging ich Gesprächen aus dem Weg. Ich reduzierte alle Situationen, in denen ich normal rüberkommen musste. Sich normal zu verhalten, zu reden, zu fragen, zu antworten, freundlich zu sein, dieses ganze Mitmachen, aus dem so ein ganz normaler Tag besteht, war das Anstrengendste überhaupt.

Mit jedem Tag, den ich in dieser düsteren Stimmung blieb, konnte ich spüren, wie sich der Abstand zwischen mir und den anderen weiter vergrößerte. Es schien mir unmöglich, zu ihnen zurückzukehren, ich kam gegen die Strömung nicht an, die mich von ihnen wegzog, ich wollte es auch gar nicht. Inzwischen kannte ich mich in der Dunkelheit, die in mir herrschte, viel besser aus als draußen im Licht. Meine Augen hatten sich daran gewöhnt, könnte man sagen. Ich konnte jetzt die kleinsten Dinge erkennen.

Wie die Welt war.

Wie die Menschen waren.

Wie alles miteinander zusammenhing.

Auf einmal konnte ich das alles fühlen, den ganzen traurigen Plan, den das Universum für uns gemacht hatte und der darauf hinauslief, dass wir früher oder später alle sterben werden. Ich durchblickte die Geschichten, die wir Menschen uns erzählten, und was wir uns vormachten, um überhaupt weiterleben zu können. Es war alles Illusion. In Wahrheit gab es keine Sicherheit, keine Heimat, keinen Sinn. Nur Schmerz und Tod und Vergeblichkeit. Das war der Moment, in dem ich mir ein leeres Schulheft nahm und anfing zu schreiben.

Ich schrieb alles auf, was mir durch den Kopf ging, genauso wie ich es hörte. Ich schrieb mich immer weiter in meine Gedanken hinein und folgte ihrer Logik bis zu dem Punkt, an dem es nichts mehr zu sagen gab. Dem Punkt der allergrößten Wahrheit, wie ich dachte.

Als ich am anderen Morgen aufwachte, hatte ich das Gefühl, als sei ich lange weg gewesen. Die Düsternis, die mich besetzt hatte, war auf einmal weg – ohne Vorwarnung, so wie sie gekommen war. Ich war in ein schwarzes Loch gefallen und nun hatte es mich wieder ausgespuckt. Ich fühlte mich leicht und frei. Die Welt war wieder die Welt und kein furchtbarer Ort mehr. Ich räumte mein Zimmer auf und ging zurück, zu den anderen.

Ein paar Tage später las ich noch einmal, was ich geschrieben hatte, und war erstaunt. Was da in diesem Schulheft stand, das war eindeutig ein Text von jemandem, der meinte, das Leben wirklich durchdrungen zu haben, der seine Gedanken logisch begründen konnte und der offensichtlich auch alles glaubte, was er da schrieb. Es war nur so, dass ich nicht mehr dieser jemand war. Es war nicht mehr mein Text, obwohl ich ihn geschrieben hatte. Es war nicht mehr meine Wahrheit, obwohl für mich Tage zuvor nichts anderes als das gegolten hatte. Jetzt sah ich, dass das nicht die alleinige Wahrheit war, sondern nur eine von vielen Möglichkeiten, auf das Leben zu sehen.

Wer in ein schwarzes Loch fällt, dem erscheint die Welt als schwarzes Loch. Aber deshalb ist sie nicht mehr oder weniger schwarz als zuvor. Es ist einfach nur eine Frage des Standpunktes, von dem aus man auf sie sieht. Und dieser Standpunkt – das hatte ich gelernt – kann sich ändern. Je nach Stimmung. Das bedeutet nicht, dass ich nie wieder in meinem Leben in ein schwarzes Loch gefallen bin. Aber jetzt hatte ich etwas, an das ich mich erinnern konnte, während ich drinsaß.

25.

Ich habe Angst, ich mache mir Sorgen, mein Kopf ist voller Gedanken. Wie ich die Stimmen in meinem Kopf beruhige und erkenne, dass sie nicht wahr sind. (Alexa)

Seit meiner Kindheit hatte ich immer wieder Phasen, in denen ich mir ziemlich schlimme Sorgen machte. Zuerst hatte ich Angst, dass ein Komet die Erde trifft und alles Leben auslöscht. Dann hatte ich Sorge, dass ich meine Eltern durch einen schlimmen Autounfall verliere. Als Nächstes hatte ich Angst, in der Schule total unbeliebt zu sein. Dann hatte ich eine Zeit lang die seltsame Befürchtung, dass mir etwas im Gesicht klebt. Ein Brotkrümel. Oder ein winziges Stück Banane. Ständig musste ich im Unterricht heimlich auf meinen kleinen Taschenspiegel gucken und mein Gesicht überprüfen. Dann war ich noch von Mundspray abhängig, aus Furcht, meine Zahnhygiene sei nicht ausreichend. Die Liste meiner diversen Sorgen ist endlos. Zum Glück konnte ich sie alle überwinden, bis ich kurz nach dem Abitur schließlich die nervige Angst bekam, mich mit einem sehr seltenen, tödlichen Virus infizieren zu können. Ich weiß leider nicht mehr genau, wie ich auf diesen Virus kam. Vielleicht hatte ich im Fernsehen einen entsprechenden Hollywoodfilm gesehen. Keine Ahnung.

In jedem Fall ließ mich diese entsetzliche Angst nicht mehr los. Plötzlich hatte ich das Gefühl, alles ständig desinfizieren zu müssen. Ich will hier nicht ins Detail gehen, weil meine Schutzmaßnahmen wirklich den Rahmen sprengen würden. Nur so viel: Mindestens fünfmal am Tag duschte ich, fünfmal am Tag wechselte ich meine Unterwäsche, benutzte jedes Mal ein frisches Handtuch. Meine frisch gewaschene Wäsche legte ich mit frisch gewaschenen Händen zusammen und sortierte sie in meinen Schrank. Mit frisch gewaschenen Händen holte ich sie wieder raus und fragte ständig meine Freundinnen: »Riech mal, ist das Handtuch frisch gewaschen?« Oder ich hielt ihnen meinen Arm unter die Nase und fragte: »Riech mal, hab ich wirklich geduscht?« Das war vielleicht schräg! Aber ich war so durch den Wind, dass ich mir selbst nicht mal mehr traute, ob ich tatsächlich geduscht hatte oder nicht.

Ich glaube, damals hatte ich vor allen Dingen Angst vor dem Uneinschätzbaren. Vor dem Nicht-Wissen-was-kommt. Meine Welt wurde immer größer. Immer vielfältiger. Und unkontrollierbarer. Irgendwie war ich plötzlich auch nicht mehr die kleine Tochter meiner Mutter, sondern wohnte in einer Studenten-WG. Mit einem Mal fühlte ich mich sehr allein und überfordert. Ich hatte Angst vor dem Fremden, Übermächtigen. Vor der Zukunft, vor dem, was mir alles passieren könnte. Der supertödliche Virus symbolisierte meine Angst vor dem Ungewissen.

Ich war voller Panik. Und je mehr ich im Kopf überprüfte, wann genau ich geduscht hatte, um wieder Sicherheit zu finden, umso schlimmer wurde es mit meiner Panik. In meinem Kopf vermischten sich die fünfmal Duschen, die frische Wäsche, das Duschgel, das Waschmittel, alles zu einem irre duftenden Brei. Alle Gedanken, die ich mir dazu machte, brachten nur noch mehr Verwirrung und die Verwirrung brachte nur noch mehr Sorgen. Es war ein ganz schlimmer Teufelskreis.

Meine Haut war wund geduscht. Ich traute mich kaum noch vor die Tür. Ich ging nicht mehr mit meinen Freundinnen ins Café. Überall sah ich Viren. Irgendwann kaufte mir meine Mutter ein Buch in dem niederschmetternde Geschichten von Menschen standen, die vor lauter Angst seit Jahrzehnten ihr Zuhause nicht mehr verlassen hatten. Die niemanden mehr in ihre Wohnungen ließen, die ihre Wände mit Alufolie abgedichtet hatten und nur noch Handschuhe trugen. Ich las diese Berichte und bekam es nun plötzlich richtig mit der Angst zu tun. Allerdings nicht mehr vor dem supergefährlichen Virus, sondern davor, dass ich durch meine eigene Angst, meinen übermäßigen Kontrollwahn das Leben verpasste. Ich wollte doch rausgehen! Ich wollte doch mutig sein! Ich wollte erfahren und lernen und nicht in einer mit Alufolie ausgekleideten Wohnung enden!

Vielleicht kriegt nicht jeder diesen Waschzwang, den ich hatte. Aber bestimmt kennt jeder diese lähmenden Sorgen, die sich im Kopf immer mehr ausbreiten, je mehr man versucht, sie durch Nachdenken zu kontrollieren oder zu sortieren. Irgendwann ist man so irre im Kopf, dass man es kaum noch aushält.

Die Angst vor den supertödlichen Viren kann durch jede x-beliebige Sorge ersetzt werden. Zum Beispiel: »Was, wenn mein Freund mich verlässt?« Oder: »Was, wenn ich mich blamiere?« Aber egal, wie viel ich über diese ausgedachten Situationen nachdenke, ich werde im Kopf nicht für den Ernstfall üben können. Sowieso tritt der meistens nicht so ein, wie ich befürchte. Ich habe mich, wie meine Mutter es immer gesagt hat, »mit ungelegten Eiern« beschäftigt. Mit Dingen, die gar nicht da waren. Einbildungen. Quälende Gedanken. Nichts weiter als Illusionen. Ich kann nicht mit etwas umgehen, das noch gar nicht passiert ist.

Es geht nicht.

Ich mache mich nur fertig und bekomme mein schönes Leben gar nicht mit. Die Bäume. Den Himmel. Mich selbst. Meine Geschwister. Meine Eltern. Die Liebe und die Freude, die mich tragen. Und sollte tatsächlich mal etwas schieflaufen, habe ich Kraft, weil ich mich nicht vorher schon durch meine Gedanken verrückt gemacht habe. Ich bin wach. Das ist Leben. Ich mache wichtige Erfahrungen.

All diese Situationen lassen mich nur stärker und weiser werden. Dafür brauche ich sie. Ich habe keine Angst. Sie helfen mir, in Zukunft alle Hürden leichter und immer leichter zu nehmen und zu erkennen, dass alles seinen Zweck erfüllt.

26.

FSK 18: Ich stehe auf Horror und Killer – stumpft mich das wirklich ab? (Marcus)

Auf Horrorfilme stand ich nie. Ich glaube, ich habe nicht einen einzigen zu Ende gesehen. Wann immer ich das Gefühl hatte, dass gleich etwas Furchtbares passieren wird, gingen meine Hände hektisch zum Kopf, um mir Augen und Ohren gleichzeitig zuzuhalten. Ich komme mit Grusel einfach schlecht zurecht. Meine Leidenschaft waren Computerspiele.

Einige der Spiele, die ich damals gespielt habe, kann man inzwischen gar nicht mehr kaufen, andere gibt es noch, auch wenn die Versionen, in denen sie heute auf dem Markt sind, nichts mehr mit denen zu tun haben, die ich von früher kenne. Grafik, Handhabung, Technik – alles war viel langsamer. Aber das waren Computer und Internet auch. Wer in den Neunzigern gegen einen echten Gegner spielen wollte, statt nur gegen den eigenen Computer, der konnte nicht einfach online gehen, der musste in ein sogenanntes Lan-Café, wo Rechner nebeneinanderstanden und über Kabel miteinander verbunden waren. Jeder, der mit dir in diesem Raum saß, konnte dein Gegner sein.

Ich habe Tage, Wochen, Monate in so einem Café verbracht, mich von nichts anderem als Schokoriegeln und Cola ernährt und »Counter-Strike« gespielt. Ein Ego-Shooter, frei ab achtzehn Jahren, in dem man entweder Terrorist ist oder zu einer Spezialeinheit gehört und demzufolge entweder Bomben legen oder sie entschärfen muss, Geiseln nimmt oder sie befreit. Man spielt in Teams gegeneinander und in vorgegebenen Szenarien, in Straßenzügen, alten Häusern, verlassenen Militäranlagen. Normalerweise dauert es keine fünf Minuten, bis eine Runde vorbei ist – wenn man nicht schon vorher von jemandem aus dem anderen Team erschossen, erstochen oder in die Luft gesprengt wird.

Diese Angst, dass es einen jederzeit erwischen kann.

Der Wunsch, sich am liebsten zu verstecken.

Bei gleichzeitigem Kitzel, es den anderen zeigen zu wollen.

Dieser Todesmut, wenn man ins Feuer rennt.

Es kam mir alles so echt vor.

Wenn ich nach fünf, sechs Stunden wieder draußen auf der Straße stand, fühlte ich mich, als habe jemand meine Großhirnrinde in einen Toaster gesteckt. Ich zirpte wie eine Hochspannungsleitung.

Ein paar Jahre später habe ich als Journalist über den Amoklauf von Erfurt berichtet. Ein neunzehnjähriger Schüler hatte für seine Fehltage ein ärztliches Attest gefälscht und dafür einen Verweis bekommen. Das muss irgendetwas in ihm ausgelöst haben. Er war mit einer Pistole in seine Schule gegangen und hatte elf Lehrer, die Sekretärin, eine Referendarin, zwei Schüler und einen Polizisten erschossen – und dann sich selbst. Die ganze Stadt stand unter Schock, und nachdem ich drei Tage in Erfurt verbracht und sehr viele Leute für meinen Artikel befragt hatte, ging es mir genauso. Die Trauer und Fassungslosigkeit über das, was passiert war, hatten sich auf mich übertragen.

Ziemlich schnell hieß es damals, dass der Täter oft Computerspiele gespielt habe, Ego-Shooter so wie »Counterstrike«. »Killerspiele«, wie die Medien sie jetzt nannten.

Ich fragte mich, ob da was dran sein könnte. Ob diese Spiele einen wirklich abstumpften und verrohen ließen, ob sie dazu führten, dass man Spiel und Wirklichkeit nicht mehr auseinanderhalten konnte. Ob sie einen tatsächlich irgendwann zum Mörder machten.

Wäre ich, als ich nach einem Abend im Lan-Café wieder auf der Straße stand, jemals dazu fähig gewesen, etwas so Unfassbares zu tun?

Natürlich nicht.

Ich fand die ganze Diskussion ungerecht und von Leuten gemacht, die keine Ahnung von Computerspielen hatten. »Counter-Strike« war ein gewalttätiges Spiel, okay, aber es ging dabei eigentlich nicht um Gewalt, um Blut oder ums Töten, wenigstens nicht mir. Es ging um Taktik, Schnelligkeit, Geschicklichkeit – wie bei jedem anderen Spiel auch.

Dafür wurde mir etwas anderes klar.

Wenn ich mich an meine Monate mit »Counter-Strike« erinnerte, erinnerte ich mich an nichts sonst, an keine

Party, keine Freundin, keine Gespräche, keinen Witz, über den ich gelacht hätte, keinen Gedanken, der mir in dieser Zeit aufgegangen wäre. Ich war im Spiel, aber nicht in der Wirklichkeit. Die Erlebnisse, Erfahrungen und Erkenntnisse, die ich da hätte machen können, die für mich vorgesehen waren und vielleicht sogar in genau dieser Zeit wichtig gewesen wären, die verpasste ich. Das war es, was die Spiele mit mir machten – sie entzogen mich dem Leben.

27.

Ich bin zu groß, zu klein, zu dick, zu dünn: Warum ich nicht mein Körper bin. (Alexa)

Ich werde nie den Tag vergessen, an dem ich mich bei meiner Tante Ingeborg im Badezimmer auf die Personenwaage stellte. Sofort habe ich wieder die schwarz-weißen Fliesen vor Augen. Den Seifengeruch in der Nase. Ich nehme den ganzen Raum um mich herum wahr – obwohl das Ganze schon fast dreißig Jahre her ist! So einschneidend war dieses Erlebnis! Ich wog achtundsiebzig Kilo! Wirklich! Das letzte Mal war ich als Baby gewogen worden. Zu Hause hatten wir nämlich gar keine Waage. Nie im Leben wäre ich auf die Idee gekommen, dass ich zu dick sein könnte, hätte meine Schwester nicht kurz zuvor beim Frühstück zu mir gesagt: »Lexi, du bist zu dick!«

»Ach echt?« Ich war ziemlich verwundert gewesen. Was wiederum meine Schwester wunderte. Denn: Tendenziell hätte mir auffallen müssen, dass meine Jeans wesentlich größer waren als ihre. Ich konnte längst nicht so schnell rennen wie sie. Dauernd war ich aus der Puste und meine Oberschenkel rieben beim Laufen so unangenehm aneinander. Doch das war mir alles normal vorgekommen. Aber jetzt, als ich vor den Augen meiner Schwester und meiner Cousine von der Waage stieg, fühlte ich mich erbärmlich. Vor allen Dingen, als sie wie aus einem Mund entsetzt riefen: »Du wiegst zwanzig Kilo mehr als wir!« In dieser Sekunde änderte sich schlagartig mein Leben. Mit einem Mal erstreckte sich vor mir dieser endlose, beschwerliche Weg, den ich mich wohl oder übel hinunterschleppen musste, um zu einem normalgewichtigen Menschen zu werden. Nichts war mehr wie vorher. Meine Cousine sagte: »Du darfst ab jetzt nur noch Tee trinken. Null-Diät ist angesagt!«

Und meine Schwester meinte: »Los! Wir gehen gleich eine Runde Joggen!«

Die beiden hatten leicht reden. Die waren sportlich und schlank. Es war seltsam: Plötzlich sah mein Spiegelbild total anders aus. Dick und unförmig. Dabei hatte ich mich bis zu diesem Tag eigentlich immer hübsch gefunden. So, wie meine Mutter es mir jeden Tag sagte: »Du siehst so hübsch aus.« Meine Mutter hat nie etwas anderes zu mir gesagt. Sie fand mich immer hübsch. Doch jetzt war ich nur noch dick. Ich konnte diesen Gedanken nicht mehr vergessen. Jetzt war es mir peinlich, draußen herumzulaufen, so wollte ich mich niemandem mehr zeigen. Ich dachte ununterbrochen: »Ich bin zu dick. Dick. Dick.« Ich zog weite Pullover an, und im Unterricht behielt ich meine Winterjacke an, bis mein Geschichtslehrer meine Mutter besorgt darauf ansprach und meinte: »Es wirkt, als wollte Alexa einen Schutzpanzer tragen.« Das hat mich irgendwie gerührt. Ich schwitzte ziemlich in meiner dicken Jacke. Ständig zog ich den Bauch ein und ich kam mir vor wie etwas wirklich richtig Hässliches.

Also machte ich Diät. Ich nahm ziemlich schnell ziemlich viel ab. Das ging richtig gut. Ich hatte ein neues Hobby: Diätnahrung zubereiten. Fünfmal am Tag. Ich machte meine Spezialeinkäufe, ich kochte mein Spezialessen, ich machte in meinem Zimmer Gymnastikübungen, die ich in einer Mädchenzeitschrift gefunden hatte, und bekam lauter Komplimente für mein Aussehen. Sogar die Freundinnen meiner Mutter waren plötzlich neidisch auf meine Beine, als ich eines Abends mit dem ersten Minirock meines Lebens in die Küche kam: »Oh! Hast Du schöne Beine!« Ab jetzt war ich die mit den schönen Beinen. Ich trug nur noch Miniröcke und aß noch weniger, aus Sorge, meine schönen Beine wieder zu verlieren. Außerdem war Hungern und Abnehmen ja jetzt mein Hobby. Meine Profession, wenn man so will. Niemand konnte das so gut wie ich. Sogar in der Schule wurden sie schon aufmerksam. Meine Freundinnen wurden unruhig. Meine Schwester machte sich Sorgen, und meine Mutter sagte ständig: »Du musst mehr essen!«

Je öfter meine Mutter das sagte, umso bedrohlicher empfand ich Nahrungsmittel – und umso weniger aß ich. Ich wollte selbstbestimmt sein. Ich wollte mich zu nichts zwingen lassen. Ich wollte nie wieder dick sein. Ich wollte mich nie wieder so hässlich fühlen. Ich fand es irgendwie schick, dass sich alle Sorgen um mich machten und die ganze

Aufmerksamkeit auf mir und meiner Figur lag. Ich kam mir richtig wichtig vor. Sensationell. Sehr diszipliniert. Die Beste in meiner Disziplin. Ich war so gut, dass ich ein paar Mal umkippte und richtig high vom Hungern wurde. Ich fühlte mich unglaublich lebendig, kreativ, dem Tode so nah, dramatisch, bedeutend und niemals in meinem ganzen Leben hätte ich mein Hungern wieder hergegeben. Womit sollte ich mich sonst identifizieren? Ich war das Hungern! Seit drei Jahren total bekannt dafür!

Ich kippte noch einmal um und kam in die Klinik. Das war ein Schock! Da waren lauter Mädchen, die leider noch viel dünner waren als ich. Sie konnten noch viel besser hungern als ich. Gleich befand ich mich inmitten eines riesigen Wettkampfs um das niedrigste Gewicht, um das tapferste Hungern. Das Essen war unser gefährlicher Gegner. Unsere Kampfrichter waren die Schwestern, die uns jeden Tag wogen. Ich nahm noch mehr ab und dann kam mir eines Tages ein Mädchen in einem langen, weißen Nachthemd entgegen. Begleitet und gestützt von zwei Schwestern. Sie hatte einen rollbaren Ständer mit dabei, an dem ein Infusionsbeutel hing. Sie sah aus wie ein skelettierter Engel. Wie ein Mädchen, das nicht mehr lange zu leben hat. Sie lächelte mir zu, und ihr Lächeln sagte mir: »Ich beneide dich!« Sie war über die Grenze getreten. Für sie gab es kein Zurück mehr. Aber für mich.

Ich habe lange, sehr lange gebraucht, um zu verstehen, dass ich nicht mein Körper bin. Dass ich nicht vor Scham im Erdboden versinken muss, nur, weil ich ein Käsebrot gegessen habe. Sowieso interessiert es niemanden, ob ich ein

Käsebrot gegessen habe oder nicht. Natürlich ist es schön, schlank oder sportlich zu sein. Es ist schön, mich in meinem Körper wohlzufühlen und dafür etwas zu tun. Aber es ist nicht schön, wenn die Gedanken nur noch ums Essen und ums Hungern kreisen. Ganz ehrlich: Das ist furchtbar langweilig. Außerdem verpasst man so das Leben.

28.

Wozu sind Bäume gut? Was die Natur uns lehrt. (Marcus)

Als Kind habe ich nie über die Natur nachgedacht, dabei bin ich auf einem Bauernhof aufgewachsen. Wir hatten Kühe, Schweine, Schafe, Hühner, Katzen und Hunde. Ich liebte Tiere, einfach alles an ihnen. Was sie den ganzen Tag so machten, wie sie sich bewegten, dass ich sie füttern, streicheln und beobachten konnte. Pflanzen waren nicht so mein Ding. Sie hatten kein Fell.

Was ich ganz grundsätzlich an unserem Bauernhof mochte, obwohl es mir lange gar nicht auffiel: Alles hatte seinen Zweck. Jedes Tier, jedes Feld, jede Wiese, jedes Werkzeug, aber auch jeder Handgriff. Alles diente zu etwas, nichts war unnütz, außer Unkraut vielleicht, das musste dann eben gejätet werden. So war das bei uns, so war es auf jedem Bauernhof. Aber das war Landwirtschaft und nicht Natur.

Später, in der Schule, haben wir in Biologie selbstverständlich alles gelernt, was man über die Natur wissen muss. Nahrungsketten, Fotosynthese, Evolution, Ökosystem, die Pantoffeltierchen unter dem Mikroskop. Unser Lehrer, der sich seine große Brille immer auf die Stirn setzte, erklärte uns ganz genau, wie sich alles in der Natur zusammensetzt und funktioniert und wie es mit anderen Lebensformen ineinandergreift, die ebenfalls funktionieren.

Aber irgendwie fühlte es sich immer an wie totes Wissen, über das man eine Klassenarbeit schreibt, ohne dass man die Feierlichkeit dahinter begreift – und so war es ja auch. Nur weil ich einen Fisch sezieren kann, weiß ich noch lange nicht, wie es ist, einer zu sein.

Dann fuhren wir auf Exkursion in ein deutsches Mittelgebirge. Wir wären lieber nach Paris oder nach London gefahren, wie alle anderen, aber unser Bio-Lehrer, der gleichzeitig auch unser Klassenlehrer war, hatte es nicht so mit Städten. Er wollte wandern. Also latschten wir ihm labernd oder mit uns selbst beschäftigt durch den Wald hinterher, bis wir irgendwann merkten, dass das gar kein Wald war, durch den wir liefen.

Überall entlang des Weges standen graue, tote Stämme, der Boden war von Bruchholz bedeckt, alle Gipfel um uns herum waren kahl. Es sah aus wie nach dem Atomkrieg. Es war aber keine riesige Bombe, die das angerichtet hatte, sondern die gründliche Arbeit des Borkenkäfers, der sich in diesem Gebiet millionenfach vermehrt und ausgebreitet hatte und nun alles auffraß, was Baum war. Es war schwer auszuhalten, all diese toten Bäume zu sehen. Aber weil dieser Wald ein besonderes Schutzgebiet war, in dem die Natur ganz sich selbst überlassen bleiben sollte, unternahmen die Förster nichts dagegen. Sie ließen das Sterben einfach geschehen.

Irgendwann führte uns unser Lehrer auf eine Anhöhe, die das Sterben schon hinter sich hatte. Dort wuchsen zwischen den kahlen Stämmen wieder neue Bäume. Zuerst fielen sie uns nur auf, wenn sie ein ganzes Stück über die toten Stümpfe herausgewachsen waren, aber je genauer wir hinsahen, umso mehr entdeckten wir. Nicht nur Fichten, wie sie früher hier gestanden hatten, sondern viele unterschiedliche Arten: Tanne, Ahorn, Vogelbeere. Keine Ahnung, woher all die Samen gekommen waren.

Wir standen da und sahen uns um, es war ganz still, und auf einmal hatte ich das Gefühl, ich könne es überall wachsen sehen, im gesamten Umkreis und im kleinsten Winkel, alles auf einmal, alles zugleich. Ich konnte erkennen, wie das Leben in die verschiedensten Formen floss, wie es darin aufging, erblühte, sich wieder daraus zurückzog. Immer wieder. Ewig. Nie ging es verloren, es tauchte nur an einer anderen Stelle wieder auf.

Plötzlich spürte ich, dass durch alles – Bäume, Tiere, unseren Lehrer, mich, meine ganze sprachlos dastehende Klasse – eine unfassbare Kraft strömte, die nie versiegen und uns immer tragen würde. Das Leben, dieses große eine Leben, ist unzerstörbar. Das habe ich von der Natur gelernt.

29.

Ich halte das nicht mehr aus: Selbstmordgedanken, Zerstörungswut, Einsamkeit – ist Licht am Ende des Tunnels? Und woher kommt dieser Schmerz überhaupt? (Alexa)

Als kleines Mädchen hatte ich eine ziemlich starke Bindung zu meiner Mutter. Die war so stark, dass ich nicht mal in den Kindergarten ging. Was aber auch wiederum daran lag, dass meine Eltern fanden, dass niemand so gut Kinder erziehen konnte wie sie selbst. Meine Eltern hatten eben relativ klare Vorstellungen und auch Ideale, was Kindererziehung anbelangte. Aber irgendwann hatte meine Mutter doch so viel Arbeit um die Ohren, dass sie mich zu einer Kinderfrau brachte, die in ihrer kleinen Wohnung auf eine Handvoll Kinder aufpasste. Für mich war das einigermaßen gewöhnungsbedürftig, weil ich am liebsten immer bei meiner Mama sein wollte. Und meine Mama bei mir, um mich zu beschützen und auf mich aufzupassen, damit ich nicht verloren gehe.

Meine Mutter hatte öfter mal echt krasse Albträume, die sie uns morgens beim Frühstück total fertig erzählte: »Wir waren im Zoo. Plötzlich kam eine Flutwelle und hat Alexa mit sich gerissen. Und auf einer Eisscholle stand einsam ihr kleiner Schuh.« Damals war ich fünf Jahre alt.

Zur gleichen Zeit hatte ich wiederum einen immer wiederkehrenden Albtraum. Es klingelt an der Haustür, meine Mutter macht die Tür auf, ich weine und kreische, weil ich weiß: Es ist die Hexe. Ich verstecke mich unter unserem Wohnzimmertisch, klammere mich am Tischbein fest, damit die Hexe mich nicht mitnehmen kann. Aber sie zerrt mich unter dem Tisch hervor und setzt mich einfach auf ihren Besen. Wir fliegen über unseren Apfelbaum davon und Mama steht unten und sieht uns fassungslos hinterher.

Meine Mama und ich waren echt symbiotisch. Ich liebte sie so sehr! Ich hatte solche Angst, von ihr getrennt zu werden. Und weil ich mir ein Leben ohne sie nie vorstellen konnte, war ich mir sicher, dass ich niemals von zu Hause ausziehen würde.

Aber dann, als ich etwa dreizehn oder vierzehn Jahre alt war, drehte sich die ganze Sache plötzlich um. Mit einem Mal war ich dauernd genervt von meiner Mutter. Ich schmiss Türen, kriegte Kreisch- und Selbsthassanfälle. Die waren manchmal so schlimm, dass ich mich vor meine geschlossene Zimmertür auf den Fußboden setzte und meinen Kopf gegen die Kinderzimmertür haute. Damals wusste ich noch nicht, dass man das besser lassen sollte. Stichwort: Gehirnblutungen. Wie auch immer. Irgendwie war es offenbar so, dass ich jetzt in dem Alter war, in dem ich langsam erwachsen wurde und mich in einem ersten gewaltigen Schritt von meiner Mutter ablöste.

Was gar nicht so leicht war, weil sie weiterhin so lieb und fürsorglich war. Aber mir wurde das alles zu eng. Mit einem Mal wollte ich meine Ruhe haben. Ich hielt mich jetzt sehr gerne allein in meinem Zimmer auf, hörte Musik, hing meinen Gedanken nach und wollte selbst bestimmen, wann ich zu meiner Mutter in die Küche ging. Gleichzeitig sah ich, dass ich sie damit traurig machte. Ich ließ meine Mutter allein! Dabei wollte ich das gar nicht. Denn ich liebte sie doch so sehr!

Wenn ich dann in die Küche kam, hatte ich das beklemmende Gefühl, sie hätte schon die ganze Zeit auf mich gewartet. Das erzeugte einen ziemlichen Druck in mir, der wiederum dazu führte, dass ich überlegte, ob ich anfangen sollte, mich für mein Verhalten zu bestrafen. Ich hatte davon gehört, dass sich manche Mädchen ritzen. Oder ich könnte mich gleich umbringen. Ritzen fand ich irgendwie blöd. Ich wollte keine kaputten Arme haben. Mich umzubringen war ein bestechender Gedanke – aber dafür lebte ich definitiv zu gerne. Ganz ehrlich: Für die Welt hätte ich es ziemlich schade gefunden, wenn sie ohne mich hätte klarkommen müssen.

Dennoch war ich in dieser Phase meines Lebens sehr oft sehr verzweifelt. Ich lag auf meinem Bett und weinte. Ich schrie und tobte. Ich wusste nicht, was mit mir los war. Ich stritt mich mit meiner Mutter, dabei tat sie mir gleichzeitig leid. Ich wollte wieder zurück in die Schönheit meiner Kindheit, in die Arme meiner Mutter, gleichzeitig floh ich davor. Ich dachte, es sei alles meine Schuld, dass ich das Schöne, was wir hatten, zerstörte.

Heute weiß ich, dass ich mich in dieser Zeit von meiner Kindheit verabschiedet habe, von dem kleinen Mädchen, dass ich all die Jahre gewesen war. Von meinem Kinderzimmer, meinem Kinderkörper, meinen Spielsachen, meinen kleinen Faltenröcken und Kleidchen, die meine Mutter für mich genäht hatte. Ich verabschiedete mich vom Schoß meiner Mutter, in den ich mich so oft gekuschelt hatte. Ich verabschiedete mich von dem totalen Schutz meiner Mutter und ging hinein in die große weite Welt. Voller Neugier, voller Begeisterung. Mit großen Augen und noch größerem hungrigen Herzen. Doch auf der anderen Seite tat dieser Schritt weh und erzeugte einen nie gekannten Schmerz in mir. So, als sei jemand gestorben. Es war der Schmerz des Abschieds von der Kindheit. Durch diesen Schmerz, diese Einsamkeit musste ich alleine gehen. Noch heute spüre ich diesen gewaltigen Kloß in meinem Hals, als ich endlich begriff, dass meine Kindheit zu Ende war. Nie wieder rückholbar. Diese wunderschönen Jahre, voller Sonne, Fröhlichkeit und der Nähe meiner Mutter.

Getröstet hat mich ein Gedicht von Pablo Neruda,[3] das

---

3 Pablo Neruda war ein chilenischer Dichter und Schriftsteller (1904 – 1973). Kurz vor seinem Tod erhielt er den Nobelpreis für Literatur. Er kämpfte gegen den Faschismus in seiner Heimat und in Spanien.

mir gezeigt hat, dass jeder Mensch durch diese Phase des Abschieds gehen muss. Dass ich nicht die Einzige war. Dass dieser Abschied ein wichtiges Thema in der Literatur war.

> Wo ist das Kind, das ich gewesen,
> Ist es noch in mir oder fort?
> Warum starben wir nicht beide,
> Damals, als meine Kindheit starb.

Durch diese besondere Phase habe ich gelernt, dass nach dem Loslassen etwas Neues, etwas Großes und Aufregendes kommt. Diese Erkenntnis hat mir später auch bei anderen Abschieden geholfen. Heute liebe ich meine Mutter noch immer so sehr, wie damals als kleines Mädchen. Nur die Beziehung, die wir heute zueinander haben, hat sich verändert und ist erwachsener geworden.

30.

Was ist, wenn ich tot bin? (Marcus)

Wenn ich tot bin, dachte ich immer, dann bin ich weg, und der einzige Ort, an dem ich weiterleben kann, ist in den Erinnerungen der Menschen, die mich kannten. Das fand ich an sich zwar einen schönen Gedanken, aber im Grunde reichte mir das nicht. Ich wollte, dass sich mehr Menschen an mich erinnern als nur die, die dazu irgendwie verpflichtet sind, weil sie Freunde oder Familie waren. Je mehr Menschen schon einmal von mir gehört hatten, umso unsterblicher würde ich sein. Auch wenn ich nach meinem Tod davon nichts mehr mitbekam – die Vorstellung, dass dann viele Leute traurig sein könnten, schmeichelte mir. Aus diesem Grund war ich total entschlossen, irgendwie berühmt zu werden, ich wusste nur nicht womit. Ich ging verschiedene Möglichkeiten durch, bis ich auf einmal unsicher wurde, ob es überhaupt so einfach war, etwas Besonderes zu machen und berühmt zu werden, oder ob es nicht doch wahnsinnig schwer, wenn nicht sogar unmöglich war. Viele Leute, die lange tot sind und deren Namen man heute noch kennt, waren entweder komplette Genies oder ganz üble Typen gewesen, und wenn ich ehrlich war, hielt ich mich weder für das eine noch für das andere. Also kam nur dabei heraus, dass ich irgendwann tot sein würde wie alle anderen auch und dass ich nichts dagegen tun kann, nicht einmal durch Erinnerung unsterblich werden. Das war natürlich ein sehr deprimierender Gedanke.

Ich ging daher meine gesamten Überlegungen zur Unsterblichkeit noch einmal durch und fragte mich, ob ich nicht wenigstens ein bisschen bedeutend werden könnte. Ich konnte zwar nicht sonderlich gut singen, tanzen oder malen. Aber ich konnte ganz gut reden und rechnen. Vielleicht könnte ich später ja Architekt oder Politiker werden. Oder ein Forscher, der etwas Wichtiges entdeckt. Doch dann fiel mir auf, dass ich gar keine Lust hatte, dreißig Jahre in einem Labor zu hocken, um am Ende vielleicht den Nobelpreis zu gewinnen und für einen Tag gefeiert zu werden. Wenn überhaupt. Sowieso kannte ich nur wenige Prominente, die dauerhaft berühmt waren. Politiker wurden abgewählt, Bands waren plötzlich out, Schauspieler hatten die eine große Rolle und dann hörte man nichts mehr von ihnen. Aufmerksamkeit schien eine enorm unsichere Kiste zu sein, selbst wer sie einmal hatte, konnte sich nicht auf sie verlassen.

Auf einmal hatte ich das Gefühl, ich sitze im Kopf von einem Hollywoodstar, der jeden Morgen im Internet nachschaut, ob die Leute noch über ihn reden, der seinen Agenten anruft und fragt, wann er die nächste Rolle in einem fetten Blockbuster bekommt, und dabei jeden Moment denkt, dass sein ganzer Ruhm bald schon wieder vorbei ist, wenn er sich nicht ständig darum kümmert, aber auch dann ist er nicht sicher. Das fand ich wahnsinnig anstrengend, das war nichts für mich.

Auf der anderen Seite wollte ich nach meinem Tod aber auch nicht vergessen sein. Also überlegte ich weiter und kam drauf, dass es schon gut wäre, Hollywoodstar zu sein, aber eben einer, dem sein Ruhm scheißegal ist, der macht, was er will und nicht immer darauf achtet, dass die anderen ihn toll finden. Der die ganze Aufmerksamkeit gar nicht braucht und sich keinen Stress macht mit dem Tod, an dem er sowieso nichts ändern kann. Der einfach für sich lebt, nicht für die anderen. So müsste man es machen, dachte ich. Bis mir auffiel, dass ich das ja machen konnte – und zwar jetzt, sofort, als Marcus und ohne den Umweg über Hollywood.

31.

Wie gehe ich mit Rückschlägen, Niederlagen und Absagen um? (Alexa)

Wie bereits angedeutet, wollte ich doch nicht Bildhauerin, sondern Schriftstellerin werden. Wie mein Idol Sylvia Plath.[4] Aber gar nicht so sehr, weil ich solch ein literarisches Dasein schick oder spektakulär fand oder hoffte, auf diese Weise unsterblich zu werden. Ich wollte mein Leben einfach mit Schreiben verbringen, weil ich das am liebsten tat. Noch lieber, als mit Ton zu modellieren. Schreiben war meine Leidenschaft. Ohne Schreiben konnte ich mir gar keine Existenz mehr vorstellen. Ich war erfüllt von Sprache, von Worten, Satzrhythmen und davon, all das,

4 Sylvia Plath war eine bedeutende amerikanische Schriftstellerin und Lyrikerin. In ihrem einzigen Roman »Die Glasglocke« beschreibt sie ihren Aufenthalt in einer psychiatrischen Klinik und Elektroschock-Therapien. Sie war Mutter von zwei kleinen Kindern, als sie sich 1963 im Alter von 30 Jahren in London das Leben nahm.

was ich sah, erlebte, dachte, fürchtete und interpretierte, in Geschichten umzuwandeln. Ich sah Bilder, ich träumte, ich fantasierte, mich beschäftigten einige drängende philosophische Fragen, und durchs Schreiben versuchte ich, sie zu beantworten: Was ist der Sinn des Lebens? Warum sterben wir? Wer bin ich? Ich wollte mir, meinem innersten Kern, durchs Schreiben immer näherkommen. Dabei interessierte mich gar nicht so sehr, was andere Schriftsteller schrieben. Ich wollte so unabhängig wie möglich schreiben, um meine eigene Sprache zu entwickeln.

Klar hatte ich trotzdem ein paar Bücher gelesen. Alles Bücher, die mir meine Mutter besorgt hatte. Legendäre Bücher, in denen ich mich wiederfand, die mich antrieben, zu schreiben. Die mich »hibbeln« ließen, selbst loszulegen. Dazu gehörte auch ein Buch, in dem viele Kurzgeschichten von jungen Leuten waren, die mal bei einem Schreibwettbewerb mitgemacht hatten. Es hieß »Glück«. Ein paar der Geschichten fand ich wirklich richtig, richtig gut. Ich fand es toll, dass diese ganzen jungen Menschen auch so gerne schrieben wie ich.

Eines Tages schlug mir meine Mutter vor, dass ich ja auch mal eine Geschichte von mir bei einem Schreibwettbewerb einreichen könnte. Ich hielt das für eine gute Idee und dachte gar nicht weiter darüber nach, weil ich ohnehin davon ausging, dass ich gewinne. Schließlich war das Schreiben mein Leben! Ganz anders als der Schulsport zum Beispiel, bei dem ich jedes Mal total versagte. Beim Bockspringen sprang ich leider grundsätzlich gegen den Bock. Sogar mit Hilfestellung! Nur ein einziges Mal schaffte ich es mit Trampolin und der Hilfe meines Lehrers gerade so über den Bock und schlug dann auf der anderen Seite direkt mit dem Kopf neben der Matte auf. Noch hilfloser stellte ich mich im Matheunterricht an.

Mathe und Sport lagen mir eben nicht. Das war sonnenklar. Die beiden Fächer interessierten mich daher auch gar nicht weiter. Insofern hatte ich auch nie Angst, beim Sport oder in Mathe zu scheitern. Es wäre mir egal gewesen. Beim Schreiben hatte ich wiederum keine Angst zu scheitern, weil ich quasi davon ausging, zu den Auserkorenen zu gehören. Es konnte gar nicht anders sein, als dass meine Geschichte beim Schreibwettbewerb prämiert wurde!

Bis der Brief vom Schreibwettbewerb kam, in dem mir in knappen Sätzen mitgeteilt wurde, dass ich leider nicht zu den zehn Gewinnern gehöre. Auf der Stelle riss ich – vor Wut rasend – den Brief in tausend kleine Schnippselchen, warf sie auf den Boden und sprang darauf herum. Ich war so von den Socken, dass diese Menschen es wagten, derart über MICH zu urteilen. Was glaubten diese Idioten eigentlich, wer SIE waren?! Dachten die, sie kennen sich mit Literatur aus? Hahaha! Glaubten die tatsächlich, dass man Literatur beurteilen konnte? Ich war richtig sauer! Diese Banausen erkannten nicht mein wahres Genie! Den ganzen Nachmittag war ich derart aufgebracht, dass ich mehrfach gegen unseren Esszimmertisch trat, Türen schmiss, meine Mutter anbrüllte und vor Wut heulte. Ich schleuderte mein Kopfkissen durchs Zimmer, und dann, als das alles nichts half, dachte ich: »Okay, ich werde denen schon beweisen, dass ich eine Schriftstellerin bin!«

Und plötzlich schlug meine Wut in unglaubliche Kreativität um. Was daran lag, dass ich noch deutlicher als vorher spürte, wie wichtig mir das Schreiben war. Dass es unbezähmbar, wild und dramatisch war. Lebendig und pulsierend. Mein Schreiben wollte sich entwickeln und entfalten. Durch mich! Ich schrieb wie eine Verrückte, und nach und nach merkte ich, dass ich erst am Anfang von allem stand. Mit einem Mal war ich diesen Leuten vom Wettbewerb so unglaublich dankbar, dass sie mich hatten »verlieren« lassen. Mein Verlieren war keine Niederlage, es zeigte mir, wie groß meine Leidenschaft, meine Entschiedenheit tatsächlich waren.

Hätte meine Sportlehrerin zu mir gesagt: »Alexa, es tut mir leid, du kannst nicht an den Olympischen Spielen teilnehmen. Du bist im Bockspringen nicht gut genug« – wäre das nicht mal eine Niederlage gewesen – sondern eine Selbstverständlichkeit. Keine große Sache. Kein Grund zum Ausflippen. Keine Bedrohung, weil Sport nun mal nicht meine Leidenschaft war. Genau wie Mathe oder Physik. Auch da wäre ich nicht verzweifelt gewesen, wenn sie mir gesagt hätten, dass aus mir definitiv nie ein weiblicher Einstein wird.[5]

---

5 Außerdem gibt es die *10 000-Hours-of-Practice*-Regel, die besagt, dass man erst zur ultimativen Meisterschaft gelangt, wenn man das, was man am liebsten tut, mindestens 10 000 Stunden praktiziert hat.

32.

Ich kann mich nicht entscheiden. (Marcus)

Als ich acht Jahre alt war, erlaubten mir meine Eltern endlich ein Haustier. Ich durfte wählen: Wellensittich, Hamster, Meerschweinchen oder Fische.

Ein Haustier war damals mein allergrößter Wunsch. Aber für welches Tier sollte ich mich entscheiden?

Tagelang wog ich in meinem Kopf die Vor- und Nachteile der einzelnen Tiere gegeneinander ab.

Ein Wellensittich konnte Sprechen lernen, aber ich konnte ihn nicht streicheln wie ein Meerschwein. Ein Hamster war niedlich, aber man konnte kaum etwas mit ihm machen, er schlief ja den ganzen Tag. Da waren Fische interessanter. Ich hätte es schön gefunden, Fischen ein Aquarium einzurichten, in dem sie sich wohlfühlten und vermehren konnten, aber auch hier war das Streicheln ein Problem.

Also doch lieber ein Meerschwein?

Irgendetwas sagte mir, dass Meerschweinchen langweilig sind.

Meine Eltern und ich standen schon in der Zoohandlung, da wusste ich immer noch nicht, welches Tier ich mir aussuchen sollte. Ich wusste nur, dass ich damit für sehr lange Zeit glücklich sein musste, weil man Tiere bekanntlich nicht umtauschen darf. Das machte mich ganz blöd im Kopf. Warum gab es kein Tier, bei dem ich einfach und ohne zu zögern Ja sagen konnte?

»Was sagt dir denn dein Bauchgefühl?«, fragten meine Eltern.

»Nichts«, sagte ich, inzwischen leicht genervt.

Nichts – außer, dass ich an dem Tag, auf den ich mich seit Jahren gefreut hatte wie auf nichts sonst, einen großen schweren Klumpen Ratlosigkeit mit mir herumtrug.

Wie finde ich heraus, was ich will, wenn ich nicht weiß, was ich will? Wie soll ich mich entscheiden, wenn die Entscheidung auf keinen Fall falsch sein darf?

Das habe ich mich später immer wieder gefragt.

Als ich nicht wusste, ob ich Biologie oder Deutsch als Leistungskurs wählen sollte.

Als mir zwei Mädchen Liebesbriefe schickten und ich beide toll fand.

Als ich am selben Tag auf zwei verschiedene Partys eingeladen war und auf beide gehen wollte.

Als meine Eltern mit mir in den Ostseeurlaub fahren wollten, während alle meine Freunde Zelten gingen.

Auf einmal hatte ich diese Stimmen im Kopf, von denen mir eine so lange zu irgendetwas riet, bis sich die nächste meldete, um mir zu etwas anderem zu raten. Und wenn ich jemanden um seine Meinung bat, meine Freunde oder meine Eltern zum Beispiel, war es genauso. Jeder sagte mir etwas anderes und natürlich sprach jeder nur aus seiner eigenen Erfahrung heraus. Am liebsten hätte ich mit jemandem geredet, der genauso war wie ich, nur weiser, aber den gab es ja leider nicht. Am Ende wusste ich gar nichts mehr, alles drehte sich, und ich wollte am liebsten einfach nur wegrennen, aber nicht einmal das ging, weil keine Entscheidung zu treffen auch eine Entscheidung ist.

Woher weiß man, was richtig ist, wenn es einem niemand verlässlich sagen kann?

In der Zoohandlung war es damals so, dass meine Eltern und ich Glück hatten und auf einen Verkäufer trafen, den es überhaupt nicht störte, dass ich noch nicht wusste, welches Tier ich haben wollte, im Gegenteil. Er fand es toll, dass ich noch überlegte. Er stellte mich vor die Käfige und Aquarien, damit ich mir die Tiere in Ruhe anschauen konnte.

»Nimm dir Zeit«, sagte er.

Am Anfang schaute ich immer nur kurz hinein – Tier da, alles klar, und jetzt weiter zum nächsten. Aber der Mann meinte, auf die Weise würde ich es nicht rauskriegen.

»Und – kannst du es dir vorstellen?«, fragte er.

»Was vorstellen?«

»Dass dieses Tier dein bester Freund wird.«

Da versuchte ich, es mir wirklich vorzustellen: Wie es wäre, genau dieses Tier mit zu mir nach Hause zu nehmen, es bei mir zu haben, die ganze Zeit – und plötzlich konnte ich es tatsächlich vor mir sehen. Mich und dieses Tier und wie das alles sein würde. Langsam wurden die Stimmen in meinem Kopf leiser und in meinem Bauch meldete sich ein Gefühl. Mein Bauchgefühl. Es sagte mir zu jedem Tier, ob die Vorstellung, dass es mein bester Freund wird, sich richtig anfühlte oder fremd.

Erst viel später wurde mir klar, dass ich damals in der Zoohandlung etwas gelernt hatte. Etwas, das mir helfen konnte, wenn ich wieder mal nicht wusste, wie ich mich entscheiden soll. Sich vorzustellen, ob man sich aus tiefstem Herzen mit etwas anfreunden kann, ist eine super Methode, den Lärm abzuschalten, den die Stimmen im Kopf veranstalten, und herauszufinden, was man wirklich will.

Als meine Eltern und ich an dem Tag die Zoohandlung verließen, trug ich einen kleinen Karton auf dem Arm. Darin saß eine Schildkröte. Meine Schildkröte.

33.

Bin ich das, was die anderen von mir denken? (Alexa)

Wie wohl fast jeder Mensch habe ich – so lange ich denken kann – versucht, alles richtig zu machen. Was nicht heißt, dass ich alles richtig gemacht habe. Vermutlich habe ich auch viele Sachen gar nicht mitbekommen, die ich falsch gemacht habe. Aber soweit meine Aufmerksamkeit reichte, achtete ich immer extrem darauf, dass ich mich bedanke, freundlich bin, aufmerksam bin, mir nicht nehme, was mir nicht gehört. Im Grunde genommen fußte darauf auch so ein bisschen das wunderbare Bild, das ich von mir hatte. Ich dachte: »Es gibt kaum einen aufmerksameren Menschen als mich, kaum jemanden, der sich besser benehmen kann als ich.« Ich hatte wirklich Angst, Fehler zu machen, weil ich mit der Kritik oder sogar dem Ärger und der Enttäuschung der anderen Menschen nur ganz schwer umgehen konnte. Es fühlte sich an wie der Tod, wenn mich jemand anschimpfte, als würde ich augenblicklich ausgelöscht werden und verpuffen. Ich sah mich nicht in der

Lage, mich zu rechtfertigen, und ich dachte, alles Diskutieren, jeder Widerspruch macht es nur noch schlimmer. Noch peinlicher, noch unerträglicher.

Und dann passierte das mit meinen Reitstiefeln. Einmal die Woche ging ich zum Ponyreiten. Und ich wünschte mir dringend Reitstiefel, weil ich keine hatte. Um mir welche leisten zu können, habe ich fast ein Jahr lang gespart, und trotzdem fehlte mir noch ein bisschen was. Als dann meine Oma zu Besuch kam, lieh sie mir das restliche Geld und meinte: »Kauf sie dir.« Ich sagte: »Am Wochenende kriege ich Taschengeld. Dann kann ich dir das Geld gleich wiedergeben.«

So war der Deal. Ich kaufte mir die schönen, neuen Reitstiefel. Ich war so unendlich stolz darauf! Endlich nicht mehr in Turnschuhen reiten. Ich kam mir so elegant vor. Dazu muss man sagen, dass meine Eltern uns Kinder mit Geschenken und Einkäufen außer der Reihe ziemlich kurz hielten, weswegen so ein Reitstiefelkauf sich anfühlte wie Geburtstag und Weihnachten zusammen. In diesem Freudentaumel vergaß ich leider, meiner Oma das geliehene Geld wiederzugeben. Sie war ja noch zu Besuch, als ich mein Taschengeld bekam.

Meine Oma sagte nichts zu mir. Sie gab mir keinen freundlichen Hinweis oder so. Sie verstummte nur. Schließlich fragte ich meine Mutter ahnungslos: »Was ist denn mit Oma los?« Und meine Mutter sagte – ich werde es nie vergessen: »Sie ist enttäuscht, dass du ihr das Geld noch nicht wiedergegeben hast.«

Ich kann mit Sicherheit sagen, dass das so ungefähr der

schwärzeste Tag meines damaligen Lebens war. Ich wusste gar nicht, was ich sagen sollte! Ich hatte ihr das Geld doch nicht mit Absicht nicht gegeben! Warum fragte sie mich nicht einfach danach? Bisher hatten wir ein super Verhältnis gehabt. Ich meine, sie war eine Erwachsene, ich das Kind! Aber stattdessen machte meine Oma ein stummes Drama draus, als sei ich eine Schwerverbrecherin, die sie gerade mit Absicht um ihre paar Märker betrog. So, als seien wir keine Verwandten, sondern vollkommen fremde Personen! Ich hatte das Gefühl, meine Oma sah mich plötzlich in einem ganz schändlichen Licht, das so schändlich war, dass sie mich nicht mal mehr ansprechen konnte. So, als hätte ich ihr mit Vorsatz das Geld nicht wiedergegeben. Und so wurde ich in die Schublade gestopft, in der draußen draufstand: »Alexa prellt die Oma mit Absicht um ihr Geld.«

Es war natürlich klar: Ich hätte daran denken sollen, meiner Oma das Geld schnell zurückzugeben. Ich hatte es vergessen. Aber das Drama hat meine Oma drausgemacht und mir das Gefühl gegeben, dass mein Verhalten unverzeihlich ist. Das Ganze war mir so peinlich, dass ich sie ebenfalls nicht mal mehr angucken konnte, als ich ihr schnell das Geld zurückzahlte. Irgendwie konnte ich diese Geschichte sehr lange nicht mehr vergessen, weil ich mich in der Schublade meiner Oma gefangen fühlte. So, als würde ich wirklich ständig Leute um ihr Geld prellen.

Es ist nicht immer leicht, sich gegen das Zerrbild, das andere von einem haben, zu wehren. Man kann versuchen, den anderen ruhig zu erklären, dass das, was sie von einem denken, nicht der absoluten Wahrheit entspricht. Wenn das aber nichts nützt, hilft es in jedem Fall zu erkennen, dass das Bild, was die anderen von einem haben, vor allen Dingen etwas über ihren ganz persönlichen Blick auf das Leben erzählt. Und dieser Blick ist leider manchmal ein wenig getrübt oder sogar richtig negativ. So, als würde die ganze Welt nur aus Betrug und Bösartigkeit bestehen. Und das ist ja nicht nur traurig, sondern geradezu eine selbsterfüllende Prophezeiung.[6]

---

6 Auch self-fulfilling prophecy genannt. Der Begriff bedeutet, dass der Mensch so sehr an sein negatives Weltbild glaubt, dass er entsprechend negativ auf seine Umwelt reagiert, wodurch die anfängliche Vermutung tatsächlich eintritt.

SCHULE

34.

Ich kann nicht mit Kritik umgehen. (Marcus)

Als wir in der achten Klasse die Antike behandelten, meldete ich mich freiwillig für einen Kurzvortrag über die Griechen und die Perserkriege. Der Grund dafür war nicht, dass ich in Geschichte schlecht stand und noch eine gute Note brauchte oder mich sonst irgendwie langweilte. Der Grund war viel einfacher: Ich fand die Perserkriege[7] toll.

Ich konnte es kaum erwarten, den anderen davon zu erzählen.

Nehmen wir nur die Schlacht an den Thermopylen, als die Perser mit einer Million Mann in Griechenland einfielen. Die Griechen hatten nicht mit einem Angriff gerechnet und brauchten Zeit, überhaupt ein gemeinsames Heer

---

7 Die Perserkriege fanden vor 2500 Jahren in Griechenland statt. Sie waren der Versuch der persischen Großkönige, ihr ohnehin schon gewaltiges Reich, das damals vom heutigen Pakistan bis zur heutigen Türkei reichte, noch weiter in Richtung Westen auszudehnen. Alle Feldzüge scheiterten jedoch am Widerstand der Griechen.

aufzustellen. Griechenland bestand damals aus lauter einzelnen Stadtstaaten, die sich nicht immer einig waren. Einer dieser Stadtstaaten war Sparta. Die Spartaner galten als die besten Soldaten der Antike, und sie waren so überzeugt von sich, dass sie den Persern nur dreihundert ihrer besten Männer entgegenschickten, um sie aufzuhalten oder wenigstens Zeit zu gewinnen. Dreihundert gegen eine Million. An einem engen Gebirgspass, den Thermopylen, trafen sie aufeinander. Er war das Nadelöhr, durch das die Perser mussten, wenn sie Griechenland erobern wollten.

»Unsere Pfeile sind so zahlreich, dass sie die Sonne verdunkeln«, drohten die Perser.

»Dann werden wir im Schatten kämpfen«, antworteten die Spartaner.

Drei Tage lang rannten die Perser gegen die Spartaner an, drei Tage – sie konnten sie nicht besiegen. Erst als ihnen ein griechischer Verräter einen Weg in den Rücken der Spartaner zeigte, wendete sich das Blatt. Doch die Spartaner ergaben sich nicht, sie zogen sich auch nicht zurück, um sich zu retten. Sie kämpften, wie sie es versprochen hatten, bis zum letzten Mann.

Ich bekam jedes Mal Gänsehaut, wenn ich daran dachte.

Wie konnte man so mutig sein?

Seitdem ich in einem Buch meines Opas zum ersten Mal von der Schlacht an den Thermopylen gelesen hatte, wollte ich alles über diese Zeit wissen. Ich meldete mich sogar in der Stadtbibliothek an, so sehr zog es mich rein. Als wir dann in Geschichte zu den Griechen kamen, war ich so voller Wissen, dass ich am liebsten sofort losgeredet hätte.

Gänsehaut für alle!

In der Nacht vor meinem Kurzvortrag konnte ich kaum schlafen. Ich hatte Landkarten rausgesucht, eine Zeittafel kopiert, die Kampfausrüstung eines spartanischen Hopliten auf Folie übertragen. Die Schlachtordnung wollte ich mit Halma-Figuren nachstellen. Ich war so was von präpariert.

Wie sollte das alles in zwanzig Minuten passen?

Aber dann redete ich sowieso die ganze Stunde durch.

Ich erzählte alles, alles was ich wusste. Wie die Spartaner kämpften – in einer Reihe nebeneinander, Speer, Schild, Speer. Wie das persische Heer aussah – bunt und aus verschiedensten Völkern zusammengesetzt. Wie es danach weiterging – mit einer Seeschlacht nämlich. Ich nannte sogar den Namen des Griechen, der den Persern den Weg über das Gebirge verraten hatte: Ephialtes von Trachis – falls sich das jemand merken will.

Ich redete und redete, aber der Funke sprang nicht über. Egal, was ich versuchte, und ich versuchte wirklich alles. Am Ende sprach ich nur noch in Richtung meiner Lehrerin, weil ich die leeren Augen meiner Klassenkameraden nicht mehr ertrug.

»Will jemand irgendetwas zu dem Vortrag sagen?«, fragte die Lehrerin.

Stille.

Dann: Klingeln. Endlich.

Ich war so ratlos, warum mein Vortrag nicht alle von den Sitzen gerissen hatte, dass ich meinen besten Freund Tom in der Pause um seine ehrliche Meinung bat. Das war dann die zweite dumme Idee des Tages.

»Es war irgendwie zu kompliziert«, sagte er.

»Deshalb habe ich ja alles ganz genau erklärt«, sagte ich.

»Ja, aber die Hälfte hätte vielleicht auch gereicht.«

»Die Hälfte der Schlacht? Wie dumm ist das denn?«, schrie ich ihn an.

Ich konnte nicht mit Kritik umgehen, auch nicht, obwohl ich danach gefragt hatte. Das kannte ich schon von mir. Sobald mich jemand kritisierte, ging ich total ab. Falls jemand mal gesehen hat, wie der Kampfroboter in »Judge Dredd« hochfährt, bis seine Augen rot leuchten – ungefähr so.

Ich sagte mir zwar immer, dass ich den anderen ausreden lassen soll, weil ich inzwischen schon einige Male die Erfahrung gemacht hatte, dass es unangenehm und peinlich wird, wenn ich mich so aufpumpte. Aber ich konnte nichts dagegen machen. Jemand fing an, mich zu kritisieren, und sofort ging ich in den Kampfmodus über und wollte ihn am liebsten niedermachen. Das Schlimme war ja nicht nur, dass der andere überhaupt etwas kritisierte, sondern dass ich seine Sätze dann nicht mehr aus meinem Kopf bekam. Jetzt traf es eben Tom, den ich, ohne dass er groß etwas gesagt hatte, innerhalb von Sekunden in kleine Teile zerlegte.

»Dann frag mich doch nicht, du Idiot!«, sagte er.

Danach drehte er sich um und ging.

Jetzt tat es mir leid.

Tom hatte eigentlich immer einen klaren Blick auf die Dinge. Wenn er sagte, dass etwas kompliziert war, konnte er auch sagen, wieso und was ich hätte besser machen können. Denn ich wollte ja, dass die anderen sich für die Perserkriege begeisterten. Ich wollte ja, dass ihr Herz genauso dafür schlug wie meins. Vielleicht wäre der ehrliche Hinweis meines Freundes für mich interessant gewesen. Aber so weit waren Tom und ich leider nicht gekommen. Das fand ich auf einmal sehr schade.

Was war an Kritik eigentlich so schlimm?

Das Problem war eigentlich nicht die Kritik, sondern das Bild, das ich von mir hatte. Ich wollte jemand sein, der keinen Fehler machte. Und dieses Bild wollte ich unter allen Umständen nach außen hin aufrechterhalten. Erst, als ich erkannte, dass es anstrengender war, mein Bild zu verteidigen, als mir Kritik anzuhören und dadurch zu lernen, fiel es mir zunehmend leichter, Kritik als das anzunehmen, was sie meistens ist – hilfreich.

35.

Das unglaubliche Geheimnis, wie Schule jedem Spaß macht: Lehrer sind auch Menschen und haben Gefühle (Alexa)

Meine zwei Jahre ältere Schwester war in der Schule die ganz große Durchstarterin. Meinem Gefühl nach hat sie nur Einsen geschrieben. Egal, was im Unterricht durchgenommen wurde: Meine Schwester kapierte es sofort. Sie musste nicht mal lernen. Okay, sie machte gewissenhaft ihre Hausaufgaben. Aber das war's auch schon.

Um ehrlich zu sein: Ich hatte schon Probleme, mir von der Schule bis nach Hause zu merken, welche Hausaufgaben wir aufhatten. Und wenn ich richtig ehrlich bin: Ich bekam nicht mal im Unterricht mit, welche Hausaufgaben wir aufhatten. Es interessierte mich einfach nicht. Mich interessierten andere Sachen. In der Grundschule zum Beispiel: welches Federetui meine Banknachbarin hatte, welche Ohrringe meine Lehrerin trug, welche Söckchen meine beste Freundin anhatte und so weiter. Während des Unterrichts beobachtete ich das Leben. Drinnen im Klassenraum und draußen vor den Fenstern. Ich sah Leute mit Hunden vorbeigehen, Mamas mit kleinen Kindern an der Hand, ich beobachtete, wie die Leute aus meiner Klasse auf ihren Stühlen saßen, sich meldeten, an ihren Stiften kauten und was für Schulbrote sie dabeihatten. Mich interessierte alles Zwischenmenschliche. Die Stimmungen, die Auseinandersetzungen, Ermahnungen und das Wetter. Am allerliebsten mochte ich die große Pause. Ich fand's spannend, wie sich die Schüler unterhielten, wie sie über den Hof liefen, wie sie hinfielen und auf das Klettergerüst kletterten.

Meine Mutter wäre fast daran verzweifelt. Sie sagte immer: »Wieso interessierst du dich mehr für die Haarspangen von Yvonne als für deine Mathehausaufgaben?« Ich konnte nur mit den Schultern zucken. Irgendwie hatten die Haarspangen für mich mehr mit dem »echten« Leben auf unserer Erde zu tun – als diese komischen Matheaufgaben, von denen ich nicht verstand, wozu ich die lernen sollte.

Seltsamerweise stellte sich für meine große Schwester nie die Frage: »Wozu soll ich das lernen?« Sie machte es einfach und hatte auch noch Spaß dabei. Ich dachte immer: »Meine schöne Lebenszeit! Wieso soll ich die mit solchem langweiligen Zeug vergeuden, das kein Mensch braucht? Speziell ich nicht!«

Nichtsdestotrotz verstand ich mich sehr gut mit meinen Lehrern. Was wiederum daran lag, dass ich mich für sie und ihr persönliches Schicksal interessierte. Ich sah in ihnen mehr den Menschen, der zu uns zum Unterricht hereinkommt, und nicht so sehr ihre »Funktion als Lehrer.« Nach

Unterrichtsschluss plauderte ich gerne noch ein bisschen mit ihnen über das, was bei Ihnen so lief. Mein Physiklehrer erzählte mir fix und fertig, dass sich seine Frau von ihm scheiden lassen will. Mein Biolehrer zeigte mir Fotos von seinen süßen Zwillingen und mein Geschichtslehrer und ich stellten verblüfft fest, dass wir zehn Jahre zuvor auf der gleichen Anti-Atomkraft-Demo waren! Ich damals noch auf den Schultern meines Vaters! Ich hatte tolle Lehrer! Das muss ich sagen! Sie waren eben auch nicht nur am Unterrichtsstoff, sondern auch an uns Schülern interessiert. Die Erkenntnis, dass in der Schule vor allen Dingen Menschen zusammentrafen und nicht »Leute in Funktionen«, führte irgendwann sogar dazu, dass ich ein gewisses Interesse am Lehrstoff entwickelte. Als wir in Biologie beispielsweise diese Mimikry[8]-Sache durchnahmen, war ich schlicht von den Socken, wie psychologisch ausgeklügelt die Natur doch funktionierte, und dachte: »Es lohnt sich, ab und an im Unterricht mitzumachen! Hier erfährt man ja offenbar Dinge, die viel über das Leben erzählen!«

---

8 Mimikry bedeutet, dass sich wehrlose Tiere an die Farbe oder Gestalt von gefürchteten Tieren anpassen, um sich zu schützen.

36.

Ist Schule wirklich alles? (Marcus)

Ich weiß noch genau, wie wir in der ersten Klasse lesen übten. Unsere Lehrerin schrieb verschiedene Wörter an die Tafel, wir mussten aufstehen, und wer eins der Wörter lesen konnte, durfte sich wieder setzen. Ich war fast immer der Letzte, der noch stand.

Als wir das Alphabet lernten, hatte ich zwar aufgepasst, aber ich hatte auch viel aus dem Fenster gesehen. Mir war einfach nicht klar, wozu man Buchstaben braucht. Man konnte sie schreiben, klar, das war nicht mein Problem, aber dass man daraus Wörter bildete, die man dann lesen konnte, und wie genau man das macht, das hatte ich irgendwie nicht mitgekriegt. Ich wusste schlicht nicht, wie das geht – lesen.

Inzwischen war ich so verzweifelt, dass ich versuchte, mir die Wörter an der Tafel ihrem Aussehen nach einzuprägen. »Maus« war kurz und hinten niedrig, »Rad« war noch kürzer, aber hinten hoch, »Ball« hatte am Ende zweimal denselben Buchstaben. Aber schon »Fibel« und »Silbe« sahen für mich so ähnlich aus, dass ich sie immer verwechselte.

»Du liest nicht, du rätst«, sagte meine Lehrerin.

Langsam bekam ich Angst, ich könnte dumm sein.

Dann – ich war wieder einmal der Letzte und alle drehten sich schon zu mir um – hatte ich plötzlich die Idee, mir die Buchstaben leise vorzusagen. Ich nahm den ersten Buchstaben des Wortes und behielt seinen Klang so lange im Mund, bis ich den zweiten drangehängt hatte und dann den dritten und so weiter. Mmmmm-aaaaa-uuuu-sss: Maus. Maus!

Ich hatte es kapiert!

Es war so einfach: Man musste eigentlich nur wissen, dass zu jedem Buchstaben ein Laut gehörte und dass man diese Laute aneinanderhängen und zu einem Wort zusammenziehen musste, und schon konnte man das Wort lesen. Und das Irrste war – hatte man das einmal verstanden, dann konnte man nicht nur dieses Wort lesen, sondern jeden Satz, jedes Buch, einfach alles!

Von dem Moment an machte mir Schule Spaß.

Das heißt nicht, dass ich plötzlich alles konnte und nie etwas lernen musste, natürlich musste ich das, das muss ja jeder. Es heißt nur, dass ich immer überzeugt davon war, dass nichts, keine Aufgabe, die wir in der Schule drannahmen, unlösbar, unverstehbar oder unlernbar war. Egal, was für einen Brocken uns die Lehrer vorsetzten, egal, wie Furcht einflößend und undurchdringlich er zu sein schien, es gab immer irgendeine Stelle, an der ich in die Aufgabe hineinkam und von wo aus ich mich weiter vorarbeitete, bis ich sie schließlich von innen knacken konnte, damit sie in lauter kleine Teile zerfiel, die ich dann wiederum der Reihe nach löste, bis alles klar und ordentlich vor mir lag.

So fühlte sich das jedenfalls für mich an.

Lösten wir in Mathe Gleichungen, sah ich die Zahlen vor mir wie die Steine bei Tetris, die man so lange drehen und wenden muss, bis sie genau ineinanderpassen. Fingen wir in Biologie, Physik oder Chemie ein neues Thema an, kam es mir so vor, als sei ich in einem unbekannten Land gelandet und müsse mich orientieren – wo ist die nächste Straße? Wo führt die hin? Ist das ein kleiner, unwichtiger Ort oder ein großer? Liegt er in der Mitte oder am Rand? Schrieben wir in Deutsch eine Erörterung und ich wusste nicht, wie ich meine Argumente sortieren sollte, war das wie ein Wollknäuel, in dem ich den Faden finden musste, an dem man zieht – und der ganze Knoten löste sich auf.

Die Schule war für mich ein Rätselkasten. Deshalb habe ich mich auch nie gefragt, wozu ich das alles später einmal gebrauchen kann. Später interessierte mich nicht. Mich interessierte nur: Kann ich es lösen?

Dann kam die Zeit, in der ich wie alle Jungen in meiner Klasse den Moped-Führerschein machte, um am Wochenende mit unseren »Karren«, wie wir sie nannten, herumzufahren. Noch besaß ich kein Moped, aber im Schuppen stand die geliebte »Schwalbe«, meines Opas. Die borgte ich mir kurzerhand aus. Ich stieg auf, fuhr ein paar Meter, dann gab es einen lauten Knall und aus dem Auspuff kam schwarzer Rauch. Die Schwalbe war tot. Ich hatte sie getötet. Was würde mein Opa sagen?

Fünf Stunden später hatte ich das komplette Moped auseinander genommen und über den Boden der Garage verteilt. Bis dahin hatte ich noch nie ein Moped repariert, jetzt heulte ich vor Wut, weil ich bei keiner Schraube mehr wusste, wo sie hingehörte. Alles war durcheinander. Ich geriet in Panik. Ich dachte, ich drehe durch. Dann kam mein Freund Wito vorbei.

Er umrundete den Haufen Schrott, der mal mein Moped gewesen war, und griff mit sicherer Hand nach den Teilen auf dem Boden. Er sortierte aus, passte ein, schraubte an, und wenn irgendwas, das er getan hatte, nicht funktionierte, blieb er ruhig, ging ein paar Arbeitsschritte zurück, setzte neu an und behob den Fehler. Immer wieder versuchte er mir zu erklären, was er da machte. Aber mein Kopf war wie ein Brett. Es ging nichts durch. So musste es sich anfühlen, wenn man in Mathe Gleichungen lösen sollte, obwohl man keinen blassen Schimmer davon hatte, wie das ging.

Wito dagegen schien gar nicht darüber nachzudenken, wo welches Teil hingehörte. Er bastelte ganz intuitiv alles wieder zusammen. Staunend sah ich ihm zu, mit welcher Freude und Selbstverständlichkeit er da herumschraubte, und plötzlich hatte ich das Gefühl, dass, egal, wie sehr ich mich bemühte, ich das nie so hinkriegen würde wie er.

37.

Wie finde ich mein Talent? (Alexa)

Wie schon erwähnt, war meine große Schwester die absolute Überfliegerin. Alles, was sie anfing, betrieb sie mit totalem Ehrgeiz. Zum Beispiel das Singen im Kinderchor. Wenn wir von unserer Chorleiterin neue Noten bekamen, lernte meine Schwester das jeweilige Stück sofort vom Blatt zu singen. Und natürlich bekam sie das heiß begehrte Solo. Ich nicht. Obwohl ich genauso gerne sang wie sie. Wenn nicht sogar noch leidenschaftlicher! In meiner Fantasie sah ich mich bereits als große Operndiva, die nach ihrer Arie vom Publikum Standing Ovations kriegt und der die Leute Rosen vor die Füße werfen, begleitet von Bravo-Rufen. Im Gegensatz zu meiner Schwester dachte ich allerdings: Unsere Chorleiterin wird schon feststellen, dass ich eine tolle, glockenhelle Stimme habe. Warum soll ich mich jetzt schon anstrengen und zu Hause am Klavier das Lied lernen?

Lieber blieb ich entspannt und konzentrierte mich erst

einmal nur auf das, was ich schon im Schlaf konnte: in meinem Zimmer mit Ton modellieren, meiner Mutter beim Kochen helfen usw. Unterdessen übte meine Schwester in ihrem Zimmer schon wieder fleißig irgendeine Händelsonate auf der Querflöte, weil das nächste Vorspiel nahte. Aus lauter Wut über sich selbst, weil sie das komplizierte Stück immer noch nicht fehlerfrei spielen konnte, klatschte sie plötzlich ihre Flöte gegen den Türrahmen, und die Querflöte knickte in der Mitte ab. Ich hingegen bewunderte meine Schwester, dass sie überhaupt so weit gekommen war! Händel! Also bitte! Mein Klarinettespielen hatte ich bereits nach zwei Unterrichtsstunden wieder aufgegeben, weil die Töne nicht lupenrein und jazzig aus dem Instrument geflossen waren, wie ich mir das erträumt hatte.

Genauso war es auch mit sämtlichen Schulfächern, die sich mir nicht sofort erschlossen. Ich stellte auf Durchzug. Ich hörte mit dem Joggen auf, als ich Seitenstechen bekam. Aber meine Schwester legte immer erst richtig los, wenn es schwer wurde. Beim Volleyball. Beim Ballett. Beim Leichtathletik. Sie wollte sich immer selbst besiegen. Und alle anderen auch. Alles empfand sie als einzigen großartigen Wettkampf und sie wollte darin die Beste sein. Jeden Tag hatte sie irgendwas auf dem Programm: Jazz-Dance, Leichtathletik, Querflöte, Zeichenkurs. Ständig war sie unterwegs und in allem war sie die Beste. Ich fand ihren Ehrgeiz total rätselhaft. Wieso unternahm sie dauernd Sachen, die anstrengend waren und mit denen sie später nicht unbedingt ihr Geld verdienen wollte? Was machte das für einen Sinn?

Aber dann, eines Tages, so mit sechzehn, schenkte mir mein Vater eine alte Reiseschreibmaschine. Ich stellte sie auf meinen Schreibtisch und fing an, auf den Tasten herumzudrücken. Ich wusste gar nicht genau, wohin das führen sollte. Aber nachdem ich ein paar Zeilen AAA und BBB getippt hatte, schrieb ich ganz plötzlich eine Geschichte. Tief aus meinem Inneren heraus. Einfach so. Ganz leicht. Ohne nachzudenken. Ich war erfüllt von einer nie da gewesenen Energie. Von einer Freude und Klarheit. Ich tippte die Geschichte zu Ende und ließ das Blatt in der Maschine stecken. Den ganzen Tag über dachte ich immer wieder an meine Geschichte, so, als hätte ich in einem Paralleluniversum etwas Spannendes erlebt.

Ab diesem Tag schrieb ich in jeder freien Sekunde auf der alten Schreibmaschine Geschichten. Für unterwegs kaufte ich mir ein Notizbuch, in das ich mir Einfälle notierte. Ich kritzelte in meine Schulhefte und auf irgendwelche Zettel, die ich gerade fand. Immer waren da Dialoge in meinem Kopf. Gefühlszustände, Bilder, Erinnerungen, die sich langsam und selbstverständlich zu Geschichten formten. Dabei las ich nicht mal sonderlich gerne. Aber die Sprache, meine Sprache, erfüllte mich so sehr, dass ich wusste: Ich werde Schriftstellerin.

Im Grunde genommen hatte ich es besser als meine Schwester, die diese Fähigkeit besaß, alles zu lernen: Ich hatte nicht die Qual der Wahl. Vielleicht habe ich das Schreiben dadurch gefunden, dass ich nichts weiter vorhatte. Ich saß zu Hause, knetete ein bisschen mit Ton herum und hatte Raum, damit meine Leidenschaft zu mir kommen konnte. Meine Schwester machte dieses Vorgehen richtig sauer. Sie fand mich faul. Sie sagte: »Du hast keinen Ehrgeiz.« Mich hingegen hätte dieser Wettstreit, in dem sie sich ständig befand, total gestresst. Alle anderen zu besiegen. »Wenn du dich nicht anstrengst, gewinnst du nie«, sagte sie. Darum ging es mir nicht. Das war der Unterschied. Ich wollte nur etwas für mich. Egal, was die anderen taten. Gleichzeitig erkannte ich durch das Schreiben zum ersten Mal in meinem Leben, dass ich wirklich etwas konnte. Dass ich ein Ziel hatte. Dass ich tatsächlich Ehrgeiz besaß. Und als ich das begriff, traute ich mich, auch Dinge anzugehen, für die ich mich anstrengen musste, um sie hinzukriegen. Doch je mehr ich mich traute, umso größer wurde meine Welt, und ich realisierte, dass ich auf mich selbst einen ziemlich eingeschränkten Blick gehabt hatte – aus Furcht zu versagen. Es berauschte mich, zu erkennen, dass ich eigentlich viel multidimensionaler war, als vermutlich alle bisher von mir angenommen hatten.

ZUKUNFT

38.

Was hält dich wirklich davon ab, deinen Traum wahr zu machen? (Marcus)

Als ich achtzehn war, wollte ich unbedingt der neue Ernest Hemingway werden. Ein Mann, der mit wenigen Worten große Kunst schuf. Das war mein heimlicher Traum. Natürlich habe ich niemals jemandem davon erzählt, und hätte mich jemand gefragt, hätte ich es immer abgestritten. Ich wohnte auf dem Land, ging in einer Kleinstadt zur Schule. Schriftsteller – das schien so unerreichbar weit weg zu sein.

Ich kam mir ja selbst lächerlich vor mit meinem Wunsch. Was sollten dann erst die anderen sagen?

Wenn ich Tagebuch schrieb, konnte ich zwar spüren, wie schön es war, wenn ich mich den Worten anvertraute, die ich in mir hörte, sie aufschrieb und beobachtete, wohin sie mich führten, aber am Ende standen da nur Schulerlebnisse, nichts Besonderes. Einmal hatte ich mir einen kleinen Band Kurzgeschichten ausgedacht und ihn meiner Freundin zum Geburtstag geschenkt. Nachdem sie ihrer besten Freundin daraus vorgelesen hatte, sah die mich an wie einen Außerirdischen.

Niemand von uns kannte einen Schriftsteller.

Woran sollte ich erkennen, ob ich einer werden konnte?

Musste man dazu nicht ein Buch geschrieben haben?

An einem Buch, schätzte ich, schrieb man mindestens ein Jahr, womöglich sogar noch viel länger. Wenn das dann kein Schwein interessierte, wäre alles umsonst gewesen. Dann hatten alle schon ihren Beruf gefunden und ich war immer noch nicht weiter. Ganz abgesehen davon, dass ich gar nicht gewusst hätte, worüber ich überhaupt schreiben sollte.

Musste man das als Schriftsteller nicht wissen?

Als ich mit der Schule fertig war und entscheiden musste, was ich werden will, wurde ich Journalist. Das schien mir verbreiterter zu sein als Schriftsteller. Aber in Wahrheit hatte ich vermutlich nur Angst, den Kontakt zu den anderen zu verlieren. Ich dachte immer: Du schreibst und schreibst und verlierst dich ganz darin und plötzlich siehst du vom Blatt auf und bist allein. Niemand ist mehr da. Ein Schaf, das seine Herde verloren hat. Der Albtraum.

Journalisten schreiben auch, dachte ich, aber die sind immer von einer Zeitung umgeben. Außerdem interessierten die sich für viele verschiedene Dinge, genau wie ich. Der Beruf war irgendwie realer. Vielleicht war er auch nur weniger abwegig.

Ich machte ein Praktikum bei einer Tageszeitung, und nie werde ich das Gefühl vergessen, mit dem ich manchmal die Stufen zur Redaktion hochlief, wenn ich von einer Recherche zurückkam, im Notizblock den Stoff für eine Geschichte, die ich für so sagenhaft hielt, dass ich es kaum erwarten konnte, sie auszubreiten. Auch wenn es sich nur um kleine Begebenheiten aus der Umgebung handelte.

Schriftsteller zu sein, blieb trotzdem lange Zeit mein Traum.

Aber ich tat nichts dafür, einer zu werden. Ich fing nie an, ein Buch zu schreiben, habe mich nie an einen Verlag gewandt, nicht einen Schritt in die Richtung unternommen, in die ich angeblich gehen wollte. Ich träumte immer nur meinen Ernest-Hemingway-Traum, weil mir das der einzige Weg schien, wie ich ihn behalten konnte. Mein Traum erzählte mir davon, dass etwas Großes in mir steckte. Gleichzeitig war genau das der Grund, warum ich nichts unternahm, um ihn wahr zu machen. Womöglich hätte ich dann einsehen müssen, dass ich mich geirrt hatte. Das Einzige, wofür ich mich ohne Zweifel und mit totaler Entschiedenheit einsetzte, war, Journalist zu werden. Und ich wäre sogar ein noch glücklicherer Journalist geworden, wenn ich nicht im Hinterkopf gedacht hätte, ich sollte besser Schriftsteller sein. Dass ich keiner wurde, lag nicht an einer Reihe verpasster Gelegenheiten, es lag an den Entscheidungen, die ich getroffen hatte und die mich dahin geführt hatten, wo ich jetzt stand – als Reporter im Basislager am Fuß des Mount Everest.

39.

Ich war so dumm: Wie du täglich für die Zukunft lernst. (Alexa)

Dumm war ich, als ich mit neunzehn zu einem Typen namens Felix ins Auto stieg, der kurz zuvor LSD eingenommen hatte. Mit der Wirkungsweise von LSD kannte ich mich zu diesem Zeitpunkt noch so gut wie gar nicht aus. Nur aus Erzählungen von den Studienfreunden meiner Eltern, die zu Beatles-Zeiten mal davon gehört hatten, dass man auf LSD denkt, man sei ein Vogel und könnte fliegen. Und dass ein paar Hippies im LSD-Rausch aus dem Fenster gesprungen seien.

Dieser Typ, zu dem meine Freundin Sophia und ich ins Auto steigen wollten, wirkte eigentlich ganz standfest. Also, kein Hippie, der denkt, er sei ein Vogel und könnte fliegen! So ein Blödsinn! Ich dachte: »Er studiert Jura. Er wird wissen, was er tut.« Dieser Felix machte so einen fröhlichen und aufgeräumten Eindruck. Außerdem wollte ich nicht spießig rüberkommen, wie so eine blöde Spaßbremse. Denn unser Plan war: aufs Land zu einem Musikfestival zu fahren. Dementsprechend fand ich es total unangebracht, jetzt plötzlich zu sagen: »Ich fahre nicht mit.« Diese Bemerkung hätte unserem Jurastudenten, den wir erst kürzlich auf einer Party kennengelernt hatten, womöglich ein ziemlich schlechtes Gewissen gemacht und ihn in einem fragwürdigen Licht dastehen lassen. Von wegen: warum er sich ausgerechnet vor einer Autofahrt halluzinogene Drogen einklinkt. Die Peinlichkeit wollte ich ihm höflichst ersparen. Außerdem schien Sophia vollkommen sorgenfrei, was die Autofahrt auf LSD anbelangte. Noch dazu kam, dass die Leute schnell mal von mir sagten: »Alexa macht den Hund in der Pfanne verrückt!« Weil ich eben zur Vorsicht erzogen worden war. Und diese Vorsicht wirkte leider hin und wieder leicht abschreckend oder wenig spontan auf andere.

An diesem herrlich sonnigen Samstagmorgen wollte ich mir also nicht auch noch vorwerfen lassen, ich sei nicht risikofreudig und würde ständig Gefahren sehen, wo keine sind. Ich stieg – sämtliche Alarmglocken überhörend – in dieses Auto. Die Alarmglocken schrillten immer lauter! »Alexa! Tu es nicht!« Ich ignorierte sie. Denn noch größere Angst als die Autofahrt machte mir, dass Sophia und dieser gut aussehende Jurastudent mich für so indiskutabel halten könnten, dass sie mich nie wieder dabeihaben wollen würden. So machte ich gute Miene zum bösen Spiel! Und im Grunde genommen war das so ein typischer Moment, in dem ich mich, mein Leben und meine Gesundheit nicht angemessen vertrat.

Aber woher soll man eigentlich wissen, ob man sich gerade nur übertrieben anstellt – oder total vernünftig ist? Hinzu kam, dass ich für dieses Wochenende keinen anderen Plan als das Festival hatte. Ich befand mich also schon mitten im Geschehen, sodass ich ohnehin keine Möglichkeit mehr sah, wieder auszusteigen und mir einen neuen Plan zu machen. Ich dachte: Ich werde es hinterher bereuen, nicht mitgefahren zu sein.

Also setzte ich mich hinten auf die Rückbank und wir fuhren los. Zuerst ging noch alles ganz glatt. Das LSD wirkte wohl noch nicht. Wir hörten Musik, rissen Witze und lachten. Bis Felix plötzlich meinte: »Scheiße! Die Autobahn wabert so seltsam!« Sophia warf mir über den Rückspiegel einen zweifelnden Blick zu. Ich lächelte so ein bisschen hilflos. Und Felix rief wieder: »Scheiße! Ich fahre Loopings! Leute, haltet euch fest! Jetzt fahren wir über Kopf!«

Er tat echt alles, um das Auto auf der Fahrbahn zu halten, aber er fuhr extreme Schlangenlinien. Hinten konnte ich nicht viel machen, außer ab und zu vorzuschlagen: »Wir sollten an den Rand fahren!«

Aber Felix meinte: »Das ist die dümmste Idee! Wenn wir das machen, versinken wir im Moor!«

Er hat lauter solches Zeug geredet. Vom Moor und von Monstern mit Hörnern. Irgendwann guckte er Sophia fassungslos an und meinte: »Sehe ich auch so hässlich aus wie du?«

Schließlich zwang ihn Sophia, die nächste Ausfahrt zu nehmen. Sie brüllte ihn richtig an: »Fahr da raus!«

Ich heulte inzwischen schon, weil ich mir vorstellte, dass

wir vielleicht eine Familie mit kleinen Kindern totfahren und dann alle ins Gefängnis kommen und es uns nie verzeihen werden, dass wir kleine, unschuldige Kinder getötet haben.

Wir rollten in ein Dorf hinein und hielten dann auf einem kleinen Waldweg, wo wir ausstiegen und in dem flirrenden Grün herumstanden. Felix faselte stundenlang etwas von Soldaten und von einem Wecker. Ab und zu schrie er: »Mein Körper ist weg! Fasst mal meine Handgelenke an! Die sind so dünn wie Bleistifte!«

Ich habe sehr, sehr lange gebraucht, um mich von diesem Trip zu erholen. Besonders von meiner Dummheit. Ich war erschrocken darüber, welche bekloppten Dinge man tut – bei vollstem Bewusstsein. Weil man es aus irgendeinem Grund in dem Moment nicht besser kann. Durch den sozialen Druck. Um sich nicht unbeliebt zu machen. Ganz schreckliche Sache.

Durch diese Horrorfahrt habe ich allerdings zumindest gelernt, wenn möglich nichts zu tun, wodurch ich meine Gesundheit oder die von anderen gefährde. Erst durch diese Fahrt entwickelte ich überhaupt ein Bewusstsein für meine Verantwortung. Ich erkannte jetzt die Situationen leichter und traute mich, zumindest etwas deutlicher Position zu beziehen. Ich stellte auch nicht mehr ständig infrage, ob ich im Recht war oder nicht. Sondern ich verzichtete, wenn mir etwas nicht optimal vorkam. Das fühlte sich wie die absolute Freiheit an.

40.

Krieg, Terror, Klimawandel – wird die Welt bald untergehen? (Marcus)

Wo immer man heute Nachrichten sieht, liest oder hört, im Fernsehen, im Internet, im Radio oder in der Zeitung – die Welt, von der dort die Rede ist, scheint mehr und mehr durchzuknallen.

Krieg +++ Terror +++ Klimawandel +++ Hunger +++ Flüchtlinge +++ Finanzkrise +++ Bankenpleiten +++ Umweltkatastrophen +++ Cyberattacken +++ Tierseuchen +++ Kometeneinschlag +++ Atomwaffenstreit +++ Wladimir Putin +++ Donald Trump +++

Das klingt fast so, als könne man sich aussuchen, wovon unsere Zivilisation untergeht, und geht sie von der einen Sache nicht unter, dann eben von einer anderen oder von allen zusammen. So klingen die Nachrichten. Was ist, wenn das stimmt?

Schließlich sind es Nachrichten. Sie werden ins ganze Land übertragen und von Journalisten gemacht, deren Job es ist, alles genau zu recherchieren und zu berichten. Sie zeigen Fakten und Fakten sind Wahrheit.

Oder nicht?

Zunächst einmal sind Fakten nichts weiter als nachprüfbare Informationen. Das heißt, wenn zum Beispiel ein Journalist berichtet, dass es in einer Ecke der Welt ein Unglück gab, würde jeder am selben Ort zur selben Zeit genau dasselbe sehen. Die Fakten sind für alle Menschen gleich.

Das Problem ist nur: Die Menschen sind nicht alle gleich.

Ein Beispiel: Angenommen, es regnet. Dann ist das erst einmal Fakt. Wasser fällt vom Himmel, und jeder, der zur selben Zeit am selben Ort steht, kann das bestätigen. Aber wie derjenige anderen Leuten davon erzählt, hängt davon ab, ob er sich gerade in einem Haus befindet oder ohne Schirm draußen steht, ob es Sommer ist und er eigentlich baden gehen wollte oder ob er Bauer ist und schon fürchtet, dass ihm die Ernte auf dem Feld verdorrt. Ob er als Kind in einen Waldkindergarten gegangen ist und auch bei Regen draußen gespielt hat oder ob seine Eltern richtige Regenhasser waren, die gleich anfingen zu schimpfen, sobald ein paar Wolken aufzogen. Ein Fakt allein bedeutet gar nichts. Erst der Mensch, der ihn erzählt, gibt ihm eine Bedeutung. Es ist die Situation, in der er gerade steckt, die Erfahrungen, die er gemacht hat, die Ängste oder Hoffnungen, die dieser Fakt bei ihm auslöst, die darüber entscheiden, auf welche Art und Weise er darüber spricht. Oder ob er ihn überhaupt erwähnt.

Letztlich ist das der Grund, warum immer zwei verschiedene Berichte rauskommen, wenn zwei Journalisten über das gleiche Ereignis einen Artikel schreiben. Selbst, wenn beide ihren Beruf gleich gut beherrschen und keiner von beiden mehr Informationen hat als der andere, wäre das so.

Woher ich das weiß?

Ich bin seit zwanzig Jahren Journalist und habe für verschiedene Zeitungen geschrieben. Ich war bei der »Bild«-Zeitung, die auf knallige Schlagzeilen und große Bilder setzt, und bei der »Frankfurter Allgemeine Zeitung«, die längere, erklärende Texte druckt. Und je nachdem, wo ich arbeitete, schrieb ich nicht nur anders, ich suchte mir auch andere Themen. Es ist also nicht nur die Art, wie jemand persönlich die Welt sieht, die darüber entscheidet, wie er über sie berichtet, es ist auch das Umfeld, in dem er sich dabei bewegt.

Und sogar das Umfeld, in dem sich das Umfeld bewegt.

Als ich anfing, als Journalist zu arbeiten, benutzte man das Internet nur, um E-Mails zu schreiben oder zum Googeln, was es als Wort noch gar nicht gab, weil die verbreitetste Suchmaschine zu der Zeit noch »Altavista« hieß. Alles, was man heute im Internet wie selbstverständlich macht – posten, liken, chatten, streamen, shoppen –, gab es damals noch nicht, weil es ja auch die entsprechenden Plattformen – Facebook, Twitter, Instagram, Whatsapp, Netflix, Amazon – noch nicht gab. Niemand hatte ein Smartphone. Das erste iPhone kam erst zehn Jahre später auf den Markt.

Inzwischen hat fast jeder ein Smartphone. Die Zeit, die er damit verbringt, hat er für anderes nicht mehr zur Verfügung. Die Konkurrenz zwischen all dem, womit man sich heute beschäftigen kann, ist viel größer geworden, einfach, weil es viel mehr Angebote gibt. Aus diesem Grund ist der Kampf um Leser für eine Zeitung heute härter geworden. Für eine Fernsehsendung gilt das genauso, aber auch für jede App, jedes Onlinespiel, jeden Blog, jeden Podcast und jedes nächste kostenlose Ding aus dem Internet, das die Leute nutzen, anstatt einen Artikel in einer Zeitung zu lesen zum Beispiel.

Was das mit dem Weltuntergang zu tun hat?

Jeder, der schon mal auf einer Party war, auf der anscheinend alle eine tolle Geschichte zu erzählen hatten, weiß, wie anstrengend es sein kann, Leute für die eigene Geschichte zu begeistern. Man spricht automatisch lauter, erzählt spannender, witziger, atemloser. Man versucht, seine Geschichte so interessant wie möglich klingen zu lassen – und nichts anderes machen Zeitungen und Fernsehnachrichten auch. Der Unterschied ist nur, dass die Party, die sie veranstalten, keine Pause und kein Ende mehr kennt.

Es gibt heute eben nicht mehr nur morgens eine neue Zeitung und abends neue Nachrichten. Es gibt Onlineausgaben, Liveticker, Eilmeldungen, Newsletter rund um die Uhr. Es gibt mehr Medien, mehr Sendeplätze, mehr Wettbewerber und alle kämpfen um Zeit und Aufmerksamkeit.

Und wie bekommt man die?

Mit dem ältesten Trick der Welt.

Man schreit: Alarm!

Wenn jemand Alarm ruft, lassen die anderen alles stehen und liegen. Dann wird alles andere unwichtig, sind alle ganz Ohr, ist die Aufmerksamkeit da. Vor allem, wenn der

Alarm von einem kommt, der sich auskennen muss, weil es sein Beruf ist, die Welt rundherum zu beobachten – einem Wächter.

Aber ist es denn nicht Fakt, dass es Krieg, Terror und Klimawandel gibt? Das denken sich die Journalisten doch nicht aus, oder?

Natürlich nicht. Es gibt Krieg, Terror und Klimawandel. Es gibt neu entdeckte Gefahren, unheilbare Krankheiten und große, weltumspannende Krisen. Die Frage ist nur, wie darüber berichtet wird.

Erinnert sich noch jemand daran, weswegen die Medien vor einem halben Jahr Alarm auslösten? Vor zwei Monaten? Zwei Wochen? Zwei Tagen?

Was ist aus all den Weltuntergängen geworden?

Kam es so schlimm? War es so knapp? So ausweglos?

Oder bestand nicht doch noch Zeit, das Schicksal zu wenden?

Das ist der Nachteil am Alarm: Er schreckt uns auf, aber er ist nicht hilfreich dabei, einen klaren Kopf zu behalten und auf Dauer stumpft er uns ab. Den wachen und klaren Kopf brauchen wir aber, um eine gute Lösung für das Problem zu finden, das uns in Aufregung versetzt hat.

41.

Der Sinn des Lebens: Wofür das alles, wenn man am Ende sowieso tot ist? (Alexa)

Als ich fünf Jahre alt war, habe ich meine Oma gefragt: »Worin liegt der Sinn, dass wir am Ende unseres Lebens sterben müssen?« Meine Oma meinte nur: »Damit für alle genug Brot da ist.«

Die Erklärung fand ich etwas ernüchternd.

Natürlich ist klar: Wenn wir alle ewig leben würden und ständig neue Leute geboren werden, würde es schnell ziemlich eng auf unserer lieben Erde werden. Nur: Warum werden wir dann überhaupt geboren, wenn nach unserem Tod von all unserem Leben nichts mehr übrig bleibt, ausgenommen, man wird so berühmt wie beispielsweise Vincent van Gogh? Der hatte aber auch nichts davon, weil er erst nach seinem Tod berühmt geworden ist. Was bringt es ihm *jetzt*, dass seine Bilder inzwischen mehrere Millionen kosten und heutzutage alle total begeistert von seinen Kunstwerken sind?

Ich muss sagen, dass mich der Gedanke an meinen eigenen Tod ziemlich runtergezogen hat. Und zwar in unterschiedlichen Phasen meines Lebens. Zuerst als ich fünf Jahre alt war. Dann noch mal, als ich ungefähr sechzehn Jahre alt war. Da habe ich eine richtige Sinnkrise bekommen und dachte, das alles hat doch überhaupt keine Bedeutung. Ich lag in meinem Zimmer auf meinem Bett herum, starrte gegen die Zimmerdecke und versuchte zu begreifen, dass ich gerade noch am Leben war. Jetzt, in diesem Augenblick. Ich fühlte meinen Körper und auch irgendwie das Pulsieren in meinen Zellen. In meinen Armen und Beinen und meinem Bauch. Besonders stark in meinem Kopf. Da hämmerte es richtig in den Schläfen. Ich dachte: »Okay, aber wenn ich sterbe, wenn mich diese große Macht aus meinem Körper zieht, dann werde ich mich an nichts festhalten können. Nicht mal an meinem Teddybär!« Der mir quasi seit meiner Geburt Trost spendete.

Meine Mutter kam in mein Zimmer. Ich dachte: »Bald bist auch du tot.« Ich hörte meine Schwester im Flur rumbrüllen, weil ihre Jeans noch nicht gewaschen waren. Ich dachte: »Bald bist auch du tot.« Ich hörte Musik und dachte: »Bald ist die Band tot.« Im Fernsehen sah ich einen Film und dachte: »Bald sind die ganzen Schauspieler tot.« Um mich herum war irgendwie nur noch Tod.

Ich sah den Leuten dabei zu, wie sie lebten, wie sie sich abstrampelten. Meine Klassenkameraden, wie sie dachten, die gute Note in der Mathearbeit sei das Wichtigste. Meine Sportlehrerin, die stöhnte, weil ich mein Sportzeug vergessen hatte. Alles schien so ungeheuer wichtig, dabei waren wir doch alle am Vergehen, also schon so gut wie tot. Ich hatte wirklich kurzzeitig null Lebenswillen mehr. Alles wirkte so unerträglich sinnlos, so unwirklich. Wie eine Einbildung. Oder ein Albtraum.

Und in dieser totalen Lebensmüdigkeit kam ich plötzlich zu der Erkenntnis, dass eigentlich alle Dinge und Lebewesen, der Himmel und die Sonne, die Natur und der Regen besonders wertgeschätzt werden mussten. Gerade weil wir uns ja darüber bewusst waren, dass wir sterben. Ich dachte: Wenn wir alle ewig leben würden, würden wir gar nicht den einzelnen Moment als kostbar erfahren. Zum ersten Mal erkannte ich eine gewisse Logik im Sterben.

Dann dachte ich wieder: Toll! Dann muss man ja für jeden Augenblick dankbar sein, der einem noch bleibt. Denn: Die Zeit schreitet unaufhaltsam voran und die Momente werden immer weniger. Ich hörte regelrecht die Uhr ticken. Und schon kippte ich wieder lebensmüde auf mein Bett und kriegte die Panik.

Weil es irgendwann ziemlich langweilig wurde, wie lebendig begraben herumzuliegen, spürte ich mit einem Mal diese unbändige Lebendigkeit in mir. Diese Freude, dass ich da war.

Ich dachte: Vielleicht kommt es darauf an. Auf die Freude am Leben.

Dann wurde ich gleich wieder traurig, weil ich es kaum aushielt, dass es ausgerechnet mich irgendwann nicht mehr geben würde. Bis mir glücklicherweise aufging, dass ich ja quasi jeden Moment starb.

Die Alexa, die es eben noch gegeben hatte, gab es im

nächsten Moment schon nicht mehr. Mein Körper veränderte sich. Meine Gedanken, meine Erfahrungen, meine Erkenntnisse, meine Sichtweisen. Ich selbst war im ständigen Wandel. Ich ließ etwas von mir gehen und bekam etwas Neues dafür.

Und dann erkannte ich noch etwas: Ich entwickelte mich. Von einem vergehenden Moment zum nächsten. Von einer Erkenntnis zur nächsten. Es machte Spaß, Erkenntnisse zu haben. Dinge zu verstehen. Zu reifen. Zu wachsen. Es tat gar nicht weh, alte Gedanken oder Gefühle gehen zu lassen. Meine Trauer. Meine Niedergeschlagenheit. Ich war sogar froh, dass sie verschwanden und diesem Gefühl von totaler Lebendigkeit Platz machten. Plötzlich verstand ich, dass in mir ein Leben war, das nie verschwand. Es war immer in mir. Egal, was außen herum passierte. Darin lag der Sinn. In meinem Leben selbst. Nicht in den Dingen, die ich tat oder vollbrachte. Sondern in dem, was immer weiter existieren würde. Für immer: das Leben. Und ich sollte Freude daran haben und darin baden. In diesem Ewigen, das nicht sterben kann.

42.

Ich kann die Vergangenheit nicht ruhen lassen. (Marcus)

Als ich fünfzehn Jahre alt war, brach der Staat, in dem ich bis dahin gelebt hatte, zusammen, und damit meine ich, wirklich zusammen. Den Staat gibt es heute nicht mehr. Er ist komplett von der Landkarte verschwunden.

Sein Name war DDR – Deutsche Demokratische Republik.

Viele kennen den Namen nur aus dem Geschichtsunterricht oder aus Dokumentationen im Fernsehen, und wenn er dort auftaucht, geht es oft nur darum, dass die Menschen in diesem Staat nicht frei lebten, dass sie in der Öffentlichkeit nicht sagen durften, was sie dachten, dass sie nicht reisen durften, wohin sie wollten, dass sie den Staat ohne Erlaubnis nicht einmal verlassen durften, und wenn sie es doch versuchten, wurden sie an der Grenze erschossen – leider ist das alles wahr.

Mein Staat ist der Staat, der die Berliner Mauer baute.

Es ist eben nur so, dass er auch mein Zuhause war.

Als mein Staat verschwand, passierte das ganz ohne Krieg oder Naturkatastrophe. Er wurde nicht erobert und ist auch nicht im Meer versunken. Er löste sich auf, weil die Leute nicht mehr darin leben wollten.

Die einen flüchteten über die Grenze, die anderen gingen auf die Straße und protestierten gegen die Regierung. Es wurden immer mehr Leute, die auf die eine oder andere Art zeigten, dass sie nicht mehr damit einverstanden waren, wie die Dinge in dem Staat liefen, und irgendwann waren es so viele, dass weder die Polizei noch der Geheimdienst etwas dagegen tun konnten. Da machte die Regierung die Mauer auf und das war dann das Ende.

Als es kurz darauf eine freie Wahl gab, wie es nun weitergehen sollte mit allem, entschied sich die Mehrheit dafür, den Staat aufzugeben und sich dem Land anzuschließen, das nebenan im Westen lag und in dem so vieles besser war als bei uns.

So wurden wir ein Teil der Bundesrepublik Deutschland.

Dort konnte man sagen, was man wollte, reisen, wohin man wollte.

Dort gab es freie Wahlen und keine Einheitspartei, die alles bestimmte.

Dort wartete man nicht mehrere Jahre auf ein Auto, das dann nur ein aus Pappe zusammengepresster »Trabbi«[9] war.

---

9 Der Trabant wurde in der DDR gebaut und war dort das mit Abstand häufigste Auto. Von ihm wurden mehr als drei Millionen Stück produziert. Galt er mit seiner Karosse, die tatsächlich aus Baumwolle und Plastik bestand, anfangs noch als modern, war er nach 25 Jahren, in denen er fast nicht modernisiert wurde, hoffnungslos veraltet.

In der Bundesrepublik gab es alles, was wir nie hatten kaufen können, und nun kam es zu uns. All die Produkte, die wir bislang nur aus dem Fernsehen kannten, die Jeans, die Autos, die Supermärkte, Haribo-Gummibären.

Ich war noch nicht mal volljährig und hatte schon die Reise meines Lebens gemacht, von der Diktatur in die Demokratie, von der Planwirtschaft in die Marktwirtschaft, von einem Land, das sich selbst eingemauert hatte, in ein Land, von dem aus mir die ganze Welt offenstand.

Wo war das Problem?

Das Problem zeigte sich erst, als ich von Leipzig, wo ich gewohnt hatte, zum Studieren nach München zog und merkte, dass ich in meiner Studiengruppe der Einzige war, der aus dem Osten kam. Ich merkte es, wenn die anderen über ihre Eltern sprachen, ihre Schulzeit, über die Urlaube, die sie gemacht hatten, wenn sie von Büchern, Filmen, Bands erzählten, die sie beeindruckt hatten, oder von Eissorten schwärmten, die es in ihrer Kindheit gegeben hatte. Mit nichts davon kannte ich mich aus, und selbst wenn ich schon davon gehört hatte, ich verband kein Gefühl, keine Erinnerung damit.

Wie sollte das auch anders sein?

Meine Mutter hatte in einem Braunkohlenkombinat gearbeitet, mein Vater war der Vorsitzende einer LPG[10] ge-

10 Eine Landwirtschaftliche Produktionsgenossenschaft, LPG, ist ein Agrarbetrieb, der – wie fast alle Betriebe in der DDR, auch die in der Industrie, im Dienstleistungsgewerbe und im Handel, nicht einem privaten Unternehmer gehörten, sondern Staatseigentum waren. Da-

wesen. Unser schönster Familienurlaub hatte durch Ungarn und Rumänien bis nach Bulgarien geführt. Wie alle anderen auch hatte ich in der Schule ab der fünften Klasse Russisch gelernt. Ich war bei den Thälmannpionieren[11] gewesen, in der FDJ[12] und in der DSF[13], und hätte ich in der DDR studieren wollen, hätte ich drei Jahre zur NVA[14] gehen

---

durch sollte verhindert werden, dass sich Einzelne auf Kosten anderer bereicherten. Diese Ansicht ist Teil des Kommunismus, der in der DDR die staatliche Ideologie war, an der sich alle Gesetze, Regelungen und Entscheidungen orientierten.

11 Fast jedes Kind in der DDR war von der ersten bis zur siebten Klasse Mitglied der Pioniere, die nach dem kommunistischen Arbeiterführer Ernst Thälmann benannt waren. Pioniere trugen bei offiziellen Anlässen und Feiertagen eine weiße Bluse und ein blaues oder rotes Halstuch. Ihr Gruß lautete »Seid bereit« – »Immer bereit«.

12 Die Freie Deutsche Jugend, FDJ, war die Jugendorganisation der DDR. Nach den Pionieren wurde jedes Kind auch Mitglied der FDJ, sobald es vierzehn Jahre alt war. FDJler organisierten Schulnachmittage, arbeiteten als Erntehelfer und traten bei Demonstrationen auf. Sie trugen eine blaue Bluse und grüßten mit »Freundschaft«.

13 Die Deutsch-Sowjetische-Freundschaft, DSF, war eine Organisation, die den Bürgern der DDR Wissen über die Sowjetunion näherbringen sollte. Auch die Sowjetunion ist ein Staat, den es nicht mehr gibt. Sie war ein Zusammenschluss aus dem heutigen Russland, der Ukraine, Weißrussland sowie vielen kleineren und größeren Ländern im Baltikum, dem Kaukasus und Zentralasien. Als sich die Welt nach dem Zweiten Weltkrieg in zwei feindliche Blöcke teilte, bildete die Sowjetunion einen Block aus kommunistischen Staaten, zu denen auch die DDR gehörte. Dieser Block stand den USA und ihren Verbündeten, zu denen auch die Bundesrepublik gehörte, gegenüber.

14 Nationale Volksarmee, NVA, war der Name für die Streitkräfte der DDR. Jeder als tauglich gemusterte junge Mann wurde für die NVA zu mindestens achtzehn Monaten Grundausbildung herangezogen. Mit der Aussicht, ihnen einen passenden Studienplatz zu verwehren, wurden junge Männer, die später studieren wollten, oft zu einer längeren Dienstzeit gedrängt.

müssen und am besten auch in die SED[15]. Zu Hause wusste jeder, was das hieß. In München kannten sie nicht einmal die Abkürzungen. Ich war der Fremde. Ich musste mich immer erklären. Alle anderen verstanden sich wie von selbst.

Ich kam mir vor wie ein Außerirdischer, dessen Planet explodiert war, dazu verdammt, das Weltall zu durchstreifen, und ohne jemals wieder irgendwo anzukommen. Ich konnte nicht mehr nach Hause zurück, weil es dieses Zuhause nicht mehr gab, es hatte sich mit meinem Staat aufgelöst. Das, was meine Kindheit gewesen war, bestand nur noch in meiner Erinnerung, und diese Erinnerung konnte ich in München mit niemandem teilen.

Ich weiß, das klingt dramatisch, aber so fühlte es sich an.

Ich zog mich zurück und verbrachte manchmal ganze Tage nur mit mir. Meine Kommilitonen luden mich immer wieder ein mitzukommen – in den Biergarten, in die Berge, zum See, zum Squash, ins Kino. Aber meistens sagte ich ihnen ab, und wenn ich doch mitkam, suchte ich immer nur nach Beweisen, dass ich anders war als sie, weil ich etwas anderes erlebt hatte und deshalb nie mit ihnen befreundet sein konnte. Erst viel später sah ich, dass ich ihnen gar keine Chance gab. Sie hätten tun können, was sie wollten. Es lag an mir.

Ich wollte mich ihnen nicht anschließen, weil ich Angst hatte, dass ich dann werden würde wie sie, und ich wollte

---

15 Die Sozialistische Einheitspartei Deutschlands, SED, war die Partei, die die Politik bestimmte. Obwohl die DDR offiziell eine Demokratie war, es mehrere Parteien gab und offiziell auch freie Wahlen, war festgelegt, dass die SED die meisten Abgeordneten im Parlament stellte. Der Chef der SED war damit der mächtigste Mann in der DDR.

nicht werden wie sie, weil ich nur so, wie ich war, anders und besonders war. Ich hatte Angst, mich aufzugeben, mich aufzulösen, wenn ich mich auf sie einließ, auch wenn das hieß, allein in der Wohnung zu sitzen und traurig zu sein. Es war eine richtige Falle.

Ich konnte von der Vergangenheit nicht lassen.

Aber das kennt vermutlich jeder, der erwachsen wird. Er lässt das Kind hinter sich, das er gerade noch war, und damit seine Kindheit, in der ihm die Eltern sagten, wer er war, die ihn beschützten und dafür sorgten, dass er niemals verloren gehen kann. Nun tritt er als junger Erwachsener in die Welt hinaus, um frei und unbestimmt seinen Weg zu gehen. Aber damit stellen sich Fragen, die einem Angst machen können, weil man sie nun selbst beantworten muss.

Wer bin ich?

Wer will ich sein?

Was für ein Leben will ich führen?

Werde ich mich je wieder so besonders fühlen, wie ich es für meine Eltern gewesen bin?

Mein Problem war nur, dass das Ende meiner Kindheit mit dem Ende eines Staates zusammenfiel und ich deshalb dachte, ich hätte etwas Besonderes verloren. Dabei wurde ich einfach nur erwachsen wie jeder andere auch. Aber das kennt vielleicht auch jeder, dass man in einer Zeit, einer Situation, einer Beziehung feststeckt, die längst vergangen ist. Doch weil man glaubt, »So glücklich werde ich nie wieder sein«, will man sie festhalten, bewahren und auf keinen Fall loslassen. Man hat Angst, dass das, was man meint zu sein, sich sonst auflöst.

Aber das stimmt nicht.

Ich *bin* nicht die DDR.

Ich habe sie bloß *erlebt.*

Uns allen passieren immer wieder Dinge, gute und schlechte. Aber wenn wir uns dann einreden, wir selbst seien die Dinge, die uns passiert sind, sperren wir uns darin ein und kommen nur schwer wieder frei. Schaffen wir es dagegen, diese Dinge einfach als etwas zu sehen, das uns passiert ist, dann können wir weitergehen und uns darauf freuen, was das Leben uns als Nächstes an Erfahrung bringt.

43.

Woher weiß ich, ob das, was ich tue, richtig ist? (Alexa)

Als ich noch klein war, saß meine Mutter abends auf meiner Bettkante und hat mit mir gebetet.

Ich bin klein
Mein Herz ist rein
Soll niemand drin wohnen
Als Jesus allein
Amen.

Ich fand das Gebet sehr schön, weil ich dadurch das Gefühl hatte, ich bin nie allein, weil ja Jesus in meinem Herzen wohnt. Ich habe mir vorgestellt, er ist ganz winzig, so ungefähr wie ein Gummi-Schlumpf. Ich stellte mir vor, wie er in meinem Herzen auf einem Stuhl sitzt oder ein bisschen darin herumläuft. Weiter reichte meine Vorstellung nicht. In der Grundschule hatte ich dann eine ganz tolle Religionslehrerin, von der ich alle wichtigen Details über Jesus erfuhr. Meine Religionslehrerin sah wunderschön aus. Eher wie eine berühmte Filmschauspielerin. Ihre Frisur war atemberaubend, sie trug perfektes Make-up, schöne Kleider, und sie hatte sehr viele feine, goldene Armreifen mit je einem bunten Stein, die sie von ihrem Ehemann zum Geburtstag oder zu Weihnachten geschenkt bekam. Mein Interesse an den biblischen Geschichten hatte wahrscheinlich direkt etwas mit dem wunderschönen Erscheinungsbild meiner Religionslehrerin zu tun. Außerdem konnte sie spannend erzählen und immer hatte sie dieses Lächeln im Gesicht. Meine Mitschüler und ich saßen im Stuhlkreis, betrachteten unsere wunderschöne Lehrerin und hörten, wie sie uns von Jesus vorschwärmte. Sie erzählte uns, dass er der Heiland war – dass er uns Menschen von dem Bösen erlösen würde. Wir erfuhren, dass er Blinde sehend machte, dass er Menschen, die nicht mehr laufen konnten, wieder heilte. Jedem, dem Jesus die Hand auflegte, ging es danach wesentlich besser. Jesus war selbstlos. Ohne Angst. Er war Gottes Sohn. Er hasste niemanden – nicht mal die, die ihn verrieten und ans Kreuz nagelten. Er war unschuldig. Er war gut.

Ich wollte so sein wie Jesus! Er war mein ganz großes Vorbild. Nur fand ich es total schwierig, wie Jesus zu sein, weil mir dauernd irgendetwas dazwischenkam. Wie zum Beispiel jede Woche das Mickey-Maus-Heft, von dem meine Mutter nicht wollte, dass ich es mir kaufe. Habe ich aber trotzdem heimlich gemacht! Oder ich aß einfach die Schokolade von meiner Schwester auf und tat hinterher so, als sei ich es nicht gewesen. Im Büro meiner Eltern klebte ich auf die Stühle der Mitarbeiter farbige Aufkleber, zum Zeichen, welche ich von ihnen mochte und welche ich total bekloppt fand.

Als ich älter war, redete ich schlecht über meine Eltern, meine Schwester und ihren Erfolg in der Schule. Ich bin schwarzgefahren, habe geraucht und mich heimlich mit dem besten Freund meines Freundes getroffen. Meinen Job im Café habe ich gar nicht abgesagt, ich hatte Magersucht und Waschzwang. Ich habe nicht studiert, obwohl meine Eltern sich das gewünscht haben. Ich habe mich über Freundinnen lustig gemacht, die Liebeskummer hatten oder anderweitig in Not waren. Ich habe mich Leuten überlegen gefühlt oder habe ihnen etwas vorgespielt. Ich bin in ein Auto gestiegen, dass von einem Jurastudenten gefahren wurde, der voll auf LSD war. Ich war ganz oft ziemlich weit entfernt davon, wie Jesus zu sein.

Dabei gab ich mir doch alle Mühe, freundlich und hilfsbereit zu sein, keine Fehler zu machen, niemanden zu verletzen. Aber irgendeine seltsame Macht in mir, trieb mich hin und wieder dazu, total dämliche Entscheidungen zu treffen, Dummheiten zu begehen, Menschen wehzutun – ohne, dass ich es in dem Moment wirklich mitbekam. Ich erschuf mit meinen Entscheidungen meine eigene, wilde Realität.

Irgendwann bekam ich Angst, dass mein Leben ständig meinen willkürlichen Aktionen ausgeliefert sein würde. Dass die ganze Welt ständig den willkürlichen Aktionen der Menschheit ausgeliefert sein würde. Besonders, als ich anfing, News im Internet zu lesen und alles voller Berichte war, wie Menschen überall auf der ganzen Welt sich selbst und anderen unsagbares Leid zufügten, Kriege führten, Atombomben bauten, folterten, die Umwelt zerstörten, Tiere unter entsetzlichen Bedingungen hielten und andere ausbeuteten. Ich dachte: »Wieso tut Gott nichts dagegen?« Und: »Wieso hat Gott uns Menschen so erschaffen, dass wir ständig lauter dumme bis grausame Dinge tun?«

Durch Zufall habe ich die Antwort direkt von Gott bekommen. Das klingt jetzt schräger oder spektakulärer, als es ist. In einer Buchhandlung entdeckte ich ein Buch. Es hieß: »Gespräche mit Gott«. Das Buch war ein riesiger, weltweiter Mega-Bestseller, weil der Autor Neale Donald Walsch sich darin ganz locker mit Gott unterhält und ihm alle Fragen stellt, die sich vermutlich jeder Mensch im Laufe seines Lebens irgendwann stellt. Und eben auch die Frage: Warum Gott all das Leid zulässt, dass wir Menschen uns gegenseitig zufügen? Daraufhin antwortet Gott in diesem Buch, dass er uns Menschen mit dem freien Willen ausgestattet hat. Das heißt, dass jeder Mensch sein eigener Schöpfer ist. Und sein reines Herz ist sein Kompass. Es gibt nur die eine Frage, die sich jeder stellen kann, wenn ihm daran gelegen ist, eine seinem Herzen gemäße Entscheidung zu treffen. Nämlich: »Ist mir diese Entscheidung dienlich für den, der ich sein möchte?«

44.

Woher weiß ich, wer ich bin? (Marcus)

Einer meiner besten Freunde fragte sich immer, ob er in Wirklichkeit eher Langschläfer oder Frühaufsteher ist. Wie lange würde er schlafen, wenn er nicht jeden Morgen aufstehen und zur Schule gehen müsste?

Ich fand die Frage irgendwie egal.

»Du stehst eben auf, wenn du musst, und wenn du nicht aufstehen musst, bleibst du liegen und schläfst aus«, sagte ich.

»Sag bloß«, sagte er.

Aber ich verstand natürlich, was er meinte.

Er wollte wissen, woher er wissen konnte, wer er eigentlich war.

Diese Frage kommt einem auf den ersten Blick sehr leicht vor. Wer man ist, sagt einem der eigene Name, und den haben einem die Eltern gegeben. Der Nachname ist sowieso von ihnen. Wo ist das Problem?

Das Problem ist, dass jeder, der sich schon einmal gefragt

hat, wer er ist, ziemlich schnell merkt, dass er mit seinem Namen nicht weiterkommt. Jeder Mensch kennt seinen Namen. Weiß er darum, wer er ist?

Ich zum Beispiel bin jemand, der gern und viel redet, was, wie ich dachte, nur daran liegt, dass die Welt um mich herum voller absurder Geschichten ist, und die müssen eben unbedingt alle erzählt werden. Andererseits habe ich beobachtet, dass ich immer stiller werde, wenn ich auf Leute treffe, die selbst auch gern reden. Ich höre dann nur noch zu und habe gar nicht mehr das Gefühl, etwas sagen zu müssen. Bei diesen Leuten gelte ich als guter Zuhörer, während das für Leute, die mich ständig reden hören, nicht so ist.

Und das ist noch nicht alles.

Ich hatte einen Freund, den ich oft um Rat fragte, wenn ich Ärger mit einem Mädchen hatte oder Stress mit meinen Eltern. Seine Sicht kam mir immer so einleuchtend vor, als hätte ich den gesunden Menschenverstand persönlich getroffen. Er dagegen schien nie Probleme zu haben, wenigstens redete er nicht darüber, also redete ich weiter, und nach und nach spielte es sich so ein, dass ich der war, der Probleme hatte, und er derjenige, der sie sich anhörte.

Bei meinem anderen Freund war das genau andersherum. Da war ich es, den er um Rat fragte. Für ihn war ich offenbar jemand, der einen relativ klaren Kopf behielt und hilfreiche Ideen hatte, während ich für meinen anderen Freund jemand war, der ständig verzweifelt wirkte und allein nicht klarkam.

Wer war ich denn nun?

Und wer konnte mir das sagen?

Meine Eltern? Meine Lehrer? Meine Freunde?

Offenbar war ich zumindest jemand, der den anderen das gab, was sie von ihm erwarteten, um von ihnen gemocht oder anerkannt zu werden. Aber das hieß, dass ich mich so verhalten musste, wie es ihnen gefiel, und nicht, wie ich eigentlich wollte. Wer war ich, wenn ich den Einfluss der anderen von mir abzog?

Ich konnte beispielsweise gut Volleyball spielen, was im Ferienlager immer ein Vorteil ist, weil man dort ja mit lauter Leuten zusammentrifft, die einen nicht kennen und die von mir dann immerhin schon mal wussten, dass ich einer bin, der gut Volleyball spielt. Ich war für sie – und damit für mich auch – der Volleyballspieler.

Aber was half mir das, wenn wir zur Abwechslung Fußball spielten, was ich überhaupt nicht konnte?

Oder wenn ich abends in der Disco ein Mädchen ansprechen wollte, das ich schön fand, mich aber nicht traute, weil sie mich noch nie hatte spielen sehen und damit nicht wissen konnte, dass ich ja der gute Volleyballspieler bin?

War ich nur die Sachen, die ich gut konnte?

Würde nicht immer irgendwann jemand auftauchen, der sie besser konnte? Oder jemand, bei dem sie nichts galten, der sich dafür nicht interessierte oder der damit nicht zu beeindrucken war?

Machte ich mich damit nicht ständig von der Außenwelt abhängig, auf die man sich nicht verlassen konnte, weil sie sich dauernd und unvorhersehbar änderte? Wie wollte ich einen Weg durchs Leben finden, wie den passenden Beruf, wie die richtige Frau? Wie wollte ich auch nur irgendeine Entscheidung treffen, wenn ich nicht wusste, wer ich bin? Wenn ich noch nicht einmal wusste, wie ich es herausbekam?

Mit Mitte zwanzig konnte ich diese Frage immer noch nicht beantworten, obwohl ich sehr oft über sie nachgedacht hatte. Es war eine meiner liebsten Fragen, weil sie ständig neue Antworten produzierte, die ich dann mit den bisherigen Antworten vergleichen konnte, um zu sehen, wie weit ich mit mir inzwischen schon gekommen war. Damit hatte mein Kopf immer sehr schön zu tun, weshalb ich irgendwann dachte, ob das am Ende womöglich der ganze Sinn dieser Frage ist – dass der Kopf damit zu tun hat.

Irgendwann ist mir dann klar geworden, dass ich alle wichtigen Entscheidungen meines Lebens getroffen habe, ohne genau zu wissen, wer ich bin. Als es drauf ankam, habe ich mir noch nicht einmal die Frage gestellt: »Wer bin ich?« Ich habe es einfach gemacht. Vermutlich, um mich zu erfahren – durch die Entscheidung, die ich treffe.

Foto: © Gene Glover

Alexa Hennig von Lange wurde 1973 geboren. Mit ihrem Debütroman »Relax« wurde sie über Nacht zu einer der erfolgreichsten Autorinnen und zur Stimme ihrer Generation. Für ihren Magersuchts-Roman »Ich habe einfach Glück« erhielt sie den Deutschen Jugendliteraturpreis. Es folgten zahlreiche Romane für Erwachsene und Jugendliche. Sie lebt mit ihrem Mann Marcus Jauer und ihren fünf Kindern in Berlin.

Marcus Jauer wurde 1974 geboren. Als Journalist arbeitete er fünfzehn Jahre lang für die Süddeutsche Zeitung und die Frankfurter Allgemeine. Seine Texte wurden mehrfach ausgezeichnet. Seine Frau Alexa Hennig von Lange und er sind Autoren für das Familienmagazin der Süddeutschen Zeitung. Gemeinsam haben sie den Ratgeber »Stresst Ihr noch oder liebt Ihr schon« geschrieben.

Von Alexa Hennig von Lange ist bei cbt lieferbar:
Die Welt ist kein Ozean (16296)